# 미래에서 온 영화감독

철순 현대 판타지 장편소설

WISHBOOKS MODERN FANTASY STORY

# 미래에서 온 영화감독 3

철순 현대 판타지 장편소설

초판 1쇄 찍은 날 | 2019년 2월 11일
초판 1쇄 펴낸 날 | 2019년 2월 18일

지은이 | 철순
펴낸이 | 예경원

기획 | 위시북스
편집책임 | 이규재
편집 | 위시북스

펴낸곳 | 예원북스
등록번호 | 제396-2012-000132호
등록일자 | 2012. 7. 25
KFN | 제1-368호

주소 | 경기도 고양시 일산동구 호수로 646-24 위너스21II빌딩 206A호 (우)10401
전화 | 031-819-9431 팩스 | 031-817-9432
E-mail | yewonbooks@naver.com

ISBN 979-11-6424-133-0 04810
       979-11-965806-5-0 (set)

# 미래에서 온
# 영화감독

**3**

## 철순 현대 판타지 장편소설
WISHBOOKS MODERN FANTASY STORY

미래에서 온
# 영화감독

# CONTENTS

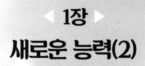

# ◀ 1장 ▶
## 새로운 능력(2)

　다음 촬영부터 이여름의 연기력이 빛을 발했다. 전보다 풍부해진 감정 표현에 그녀의 어머니를 비롯한 모든 배우진이 놀랄 정도였다.

　변화에 놀란 것은 이여름 자신도 포함되었다.

　"리허설 때랑은 또 달라요. 감독님하고 연기할 때면 뭔가 더 잘되는 거 같아요."

　그게 발아의 효과라고 사실대로 말해줄 수 없는 강찬은 그저 미소로 답했다.

　이여름은 성장할수록 강찬의 옆에서 연기하면 왠지 더 잘된다는 사실을 깨달을 것이고, 그녀는 강찬과의 작업을 선호하게 될 것이었다.

"여름이 연기가 는 것 같지 않아?"

"그러니까요."

어느새 다가온 안민영과 서대호가 서서 대화를 나누고 있었다. 그들은 이여름의 연기를 보며 감탄 중이었다.

평소보다 풍부해진 감정이 그녀의 눈에 담겨 나오고 있었다.

'어떤 사람이 발아하냐에 따라 능력의 정도가 달라지는 건가?'

강찬 또한 발아 1단계의 연기 능력을 가지고 있긴 하지만 저 정도까진 아니었다. 연기를 잘하네, 정도지.

뿌듯한 얼굴로 이여름의 연기를 보던 강찬은 오케이 사인과 함께 하나의 신 촬영을 끝냈다.

'더 많은 사람을 발아시켜야겠어.'

다른 이들 또한 이여름과 같은 식으로 발아시키고, 그들 또한 이여름과 같은 특징을 갖게 된다면? 많은 이들이 자발적으로 강찬과 함께 일을 하고 싶어 할 것이었다.

그렇게 강찬이 각오를 다지고 있는 사이 촬영이 끝나고 로케이션의 이동이 있었다.

세트가 아닌 야외에서의 촬영은 신경 쓸 것이 한둘이 아니다.

그중에 제일 중요한 것이 시간.

세트야 지어놓은 사람이 쓰겠다는데 무어라 할 사람이 없지만, 야외는 다르다. 대여 시간이 끝나면 그대로 나가야 하기 때문에 촬영 계획표대로 촬영이 진행되는 것이 중요했다.

"테이블 설치 끝났습니다."

스태프들은 서로 부딪히지 않는 게 신기할 정도로 빠르게 돌아다니며 장비를 설치했고 서대호 또한 그 속에 섞여 설치 상황들을 점검하고 있었다.

강찬 또한 마찬가지.

좀 더 큰 현장, 그리고 많은 커리어를 쌓은 뒤에야 가만히 앉아 장면 구상만 하면 되겠지만 지금은 아니었다.

"도와드릴게요."

"괜찮은데……."

"둘이 하면 더 빠르잖아요."

강찬은 무거운 상자를 홀로 옮기고 있는 스태프에게 다가가 손을 보탰다. 장비가 든 상자인지 무게가 상당했다.

"한 FD님은 항상 혼자 옮기시네요?"

강찬의 말에 한민혁 FD가 놀란 표정을 지으며 강찬을 바라보았다. 한민혁 FD는 이제 막 입사한 막내였기에 많은 현장을 다녀보진 않았다.

하지만 공통적인 경험이 있었는데, 모두가 자신을 '어이' 혹은 'FD'라고 부르지 이름을 부르진 않는다는 것이었다.

"제 이름을 아세요?"

"제 현장에서 일하시는 분이시니까요. 성은 확실히 기억하는데 이름은 잘……."

강찬이 어색하게 웃자 한민혁이 말을 덧붙였다.

"민혁, 한민혁 FD입니다. 그리고 혼자 옮기는 건 막내라서
요……. 하하."

어느 현장에서나 궂은일은 막내의 몫이다. 영화판에서도
다를 것은 없었고.

"그건 그렇고 강 감독님은 왜 스태프들 일을 같이하세요?"

"손 하나라도 도우면 더 빨리 끝낼 수 있잖아요."

한민혁이 그런가 하고 고개를 끄덕였을 때, 강찬이 말했다.

"발 조심!"

"어, 넵."

그들의 발밑으로 두꺼운 리드선이 지나고 있었다. 선을 따
라 시선을 돌려보니 메인 조명으로 연결되어 있는 것이 보였
다. 발을 조심하며 선을 넘은 두 사람은 이내 상자를 내려놓았
다.

"여기 두면 되나요?"

"네, 감사합니다."

"뭘요. 그럼 수고하세요."

"넵!"

한민혁의 활기찬 인사를 받은 강찬은 필드 테이블로 돌아왔
다. 그러자 서대호가 그에게 말했다.

"5분 안으로 촬영 시작할 수 있을 거 같아. 카메라, 음향은 스탠바이고 조명도 곧 스탠바이."

"오케이, 유상현 배우님은?"

"대본 리딩하면서 리허설 중."

서대호가 촬영장의 한구석을 가리켰다. 그쪽 유상현의 모습이 보였다. 고개를 끄덕인 강찬은 곧 촬영할 장면의 대본과 시나리오를 체크하기 시작했고 이상이 없는 것을 확인한하고, 촬영장의 모두가 들을 수 있도록 크게 외쳤다.

"자, 올 스탠바이! 촬영 시작합시다."

카메라가 녹화를 시작하는 순간, 카메라 앵글에 담긴 화면은 강찬의 앞에 놓인 필드 모니터로 전송된다.

"일 처리 이따위로 할래?"

원래 큰 덩치의 그였지만 앵글 속에서 더욱 커 보이는 유상현의 대사가 시작되었다. 안 그래도 험상궂은 인상의 그가 얼굴을 구기며 욕을 퍼붓자 험악한 분위기가 연출되었다.

'역시 유상현 배우야.'

어느 촬영장, 어느 배역에 가져다 두어도 1인분을 해내는 배우답게 안정적인 연기를 선보이고 있었다.

그의 연기가 절정에 달하고 강찬이 컷을 외치려는 순간. 픽! 하는 소리와 함께 조명 하나가 꺼지며 연기를 피워 올렸다.

"컷! 조명 나갔습니다. 잠시만요."

고개를 들어보니 조명 하나가 꺼진 상황. 강찬이 컷을 외치며 자리에서 일어나자 조명팀 한 명이 다가오며 말했다.

"메인 B-1 조명이 나갔습니다."

"원인은요?"

"지금 알아보고 있습니다."

강찬은 대답 대신 조명으로 다가가 살폈다. 전원이 나간 조명은 아직도 뜨거운 열을 뿜고 있었는데, 외관상으로는 별문제가 없었다.

'그렇다면 다른 데가 문제라는 건데.'

"여분 메인 조명 있습니까?"

"있긴 한데…… 창고에 있어서 가져오려면 한 1시간은 걸릴 거 같습니다. 죄송합니다."

말을 하며 강찬의 눈을 피하는 걸 보니 미니멈이 1시간일 터. 강찬은 짝짝 손뼉을 쳐 다른 스태프들의 이목을 집중시킨 뒤 말했다.

"잠깐 쉬었다 가겠습니다!"

다른 조명이면 대충 때우고 촬영하겠지만 메인 조명은 그럴 수 없었다.

"그럼 여분 조명 가져와 주시고. 나머지 분들은 뭐가 문제인지 찾아보죠."

"예."

감독인 강찬이 직접 나서자 그를 바라보는 조명팀의 시선에 호기심이 깃들었다.

어린 감독이 뭘 할 것인지 궁금증이 대부분이긴 했지만, 무얼 알겠냐는 듯 무시하는 티를 팍팍 내고 있는 이도 있었다.

'기회인가.'

강찬은 굳이 무어라 해명하지도 기분 나빠 하지도 않았다. 만약 자신이 조명팀이었다 해도 스무 살짜리가 나댄다 생각할 것이 분명했으니.

그렇기에 도리어 미소가 지어졌다.

강찬은 영화 현장 밥만 20년 넘게 먹은 사람이다. 조명 문제는 거짓말 좀 보태 수백 가지를 겪어보았고 그중 절반 이상은 강찬의 손으로 해결할 수 있었다.

게다가 한성희 사건으로 자신을 바라보는 시선이 둘로 갈라진 상황이었다.

강찬의 판단을 이해하고 인정하며 존중하는 부류, 그리고 아무리 그래도 그건 너무하지 않았나 하는 시선을 보내는 부류.

원래 사람이라는 게 그렇다.

이룬 것이 많은 사람의 헛소리는 무언가 뜻이 있어 보이지만, 아무것도 없는 사람이 하면 맞는 말도 그냥 헛소리로 들릴 뿐이다.

그러니 하나쯤 보여줄 때가 되었다. 강찬이 한 일이 의미가 있는 것이며 원래 그렇게 처리해야 하는 것이 맞았다는 생각이 들도록.

물론 처음부터 무리하게 일을 벌일 생각은 없었다.

사소한 것부터 조금씩 그에 대한 인식을 바꿔 나가는 게 시작점이 될 테고 그것들이 모여 언젠가는 강찬이 하는 행동 하나하나에 알아서 의미를 부여해 줄 것이었다.

"조감독."

"예."

강찬과 서대호는 공적인 자리에서는 서로 존대를 했다. 그들에게 군이 어리다는 인식을 더해줄 필요가 없기 때문이었다.

"선 쭉 따라가면서 끊어진 데 없나 확인해 주세요."

"넵."

촬영장에서 조명이 갑자기 나가는 경우는 흔하지 않다. 하지만 종종 있는데 그 원인 중 가장 많은 게 단선이었다.

영화 촬영에 사용되는 장비들은 대부분이 무겁다. 그것들을 끌고 다니다 보면 아무리 정리해놓는다 하더라도 가끔 선을 건드려 끊기는 경우가 있다.

"그리고 콘센트도 빠졌나 확인해 주시구요."

"예."

실수로 선을 발로 차서 콘센트가 빠지는 경우도 종종 있다.

강찬이 하는 말을 듣고 있다가 정작 자신이 지시할 타이밍을 뺏긴 조명감독 김선명은 헛웃음을 흘린 뒤 자신들의 팀원에게 말했다.

"너희도 움직여."

그사이 강찬은 조명의 단자, 그리고 접지 부위를 확인하기 시작했다. 그때 조명감독이 그에게 다가오며 물었다.

"강 감독님, 스태프로 일해본 적도 있으신 가 봅니다?"

"예? 아뇨."

"선하고 콘센트, 접지 부위. 이렇게 세 개 먼저 확인하는 걸 보니까 한두 번 겪어본 게 아닌 것 같은데……."

"아, 스태프로 일해본 것보다는 책에서 봤습니다. 현장에서 조명 나가면 선 문제가 제일 많다고."

"……요즘 책에서는 그런 것도 알려줍니까?"

"그럼요."

책만 보고 이런 식의 유연한 대처가 가능할 리는 없다. 강찬의 여유는 경험에서 우러나는 것이었다.

그것을 의아하게 여긴 김선명이 강찬을 신기하게 보는 사이 선을 살피러 갔던 서대호가 말했다.

"여기 좀 봐주시겠습니까?"

서대호의 부름에 가서 보니 조명과 연결되는 리드선에 무언가 무거운 바퀴에 눌린 자국이 있었다. 보통 선은 옆으로 빼놓

게 마련인데 새로 설치하며 선 정리하는 걸 깜빡한 모양이었다.

"이거네. 여분 리드선은 있나요?"

아무런 기대 없이 강찬과 서대호를 바라보고 있던 조명감독 김선명의 눈이 동그래졌다.

"어…… 아뇨."

"그럼 이 부분만 잘라내고 다시 연결한 다음에 절연테이프로 감아버리죠. 어떻게 생각하세요?"

"어…… 예. 그렇게 하면 될 겁니다."

조명감독 김선명은 뭔가 자신의 입장이 바뀐 것 같은 어색한 느낌에 뒤통수를 긁적였고, 그사이 강찬은 소매를 걷고 앉았다.

"절연테이프랑 니퍼 있으세요?"

"직접 하시게요?"

"예. 어려운 일도 아닌데요."

조명감독은 불편한 기색을 보이면서도 과연 이 어린 감독이 할 수 있을까 하는 기대 섞인 눈으로 한 걸음 물러섰다.

"그리고 조감독은 콘센트 아예 빼주세요."

서대호가 콘센트를 뺀 것을 확인한 강찬은 니퍼와 절연테이프를 건네받고 작업을 시작했다.

전선을 자르고 다시 연결하는 게 어려운 작업도 아니었거니와 몇 번 해본 작업이었기에 5분도 걸리지 않았다.

"조감독, 콘센트 다시 꽂아보세요."

"넵."

그리고 다시 선을 꽂자 픽, 하는 소리와 함께 조명에 불이 켜졌다. 그래 봤자 미봉책이기에 오래 쓰진 못하겠지만 한 시간 정도야 촬영할 수 있을 터.

"오……."

빛이 들어오자 구경하고 있던 스태프와 배우들이 탄성을 질렀다. 조명감독이 했다면 별것 아닌 일이었겠지만 어리게만 보았던 감독이 직접 나서서 일을 해결하자 신기해 보인 탓이었다.

원하던 반응을 끌어낸 강찬은 미소를 지은 채 조명감독에게 말했다.

"다음 촬영부터는 여분으로 선하고 조명 하나씩 따로 챙겨 주실 수 있나요?"

"그럼요."

"감사합니다."

"아뇨. 원래 제 일인데요. 괜히 촬영 딜레이시켜서 죄송합니다."

조명감독의 사과에 아니라고 대답한 강찬은 다시 필드 모니터로 돌아와 앉았다. 그러곤 서대호를 보며 말했다.

"오늘 촬영분 중에 B-1 메인 조명 최대한 짧게 쓰는 신 넘버가 47에 7부터 11인가."

강찬의 물음에 수첩을 넘겨보던 서대호가 답했다.

"어, 맞아."

"그럼 그거부터 촬영 가자. 배우하고 스태프들한테 말 좀 전해줘. 나 스토리보드 좀 새로 딸 테니까."

"오케이."

그의 말에 전하러 서대호가 떠나가자, 강찬은 곧바로 스토리보드를 그려 나가기 시작했다.

그사이 조명이 제대로 작동하는 것을 본 조명감독 김선명이 허, 하고 웃으며 말했다.

"어디서 떨어진 물건이래."

"예? 뭐가 떨어져요?"

그의 말에 옆에 서 있던 FD 하나가 하늘을 바라보았고, 김선명은 그의 등짝을 때리며 말했다.

"내 당 수치가 떨어진다, 인마. 오늘 리드선 정리 담당 어떤 놈이야?"

영화 현장에서 일하는 스태프들에게 가장 큰 스트레스를 줄 수 있는 네 글자는 '어린 감독'이다.

혹은 신인 감독.

모든 감독이 그렇겠지만 신인들은 특히나 자신의 작품이 흥행하는 것을 꿈꾼다. 그렇기에 열정이 넘친다.

열정이 좋은 방향으로 나간다면 얼마나 좋겠냐마는 대부분이 넘치는 열정을 주체하지 못하고 이상한 방향으로 나아간다.

이를테면 일 외적인 일로 스태프들을 컨트롤하려 한다거나.

감독과 스태프는 직급상 상하 관계이긴 하지만 서로를 존중해야만 하는 사이다. 서로 유기체처럼 똘똘 뭉쳐 하나의 목표를 보고 달려가는 이들이기에 더욱이나 그렇다.

하지만 일부 몰지각한 감독들은 그걸 모른다.

영화의 모든 것이 자기 손을 거쳐야 한다고 생각하고 또 그걸 실천하려 한다.

조명감독인 김선명은 강찬을 그런 부류로 보았었다. 어린 감독이라 부르기도 민망한 스무 살의 나이. 거기에 조감독이라고 데려온 동갑내기와 어린 배우까지.

'좀 다른가.'

김선명의 시선이 강찬에게로 향하고 시선을 느낀 강찬이 고개를 들었을 때, 김선명은 나쁜 짓을 하다 들킨 아이처럼 화들짝 놀라며 고개를 돌렸다.

"……뭐지?"

그 모습을 본 강찬은 김선명의 등을 바라보다 이내 작업에 집중했다.

'악당'은 영화의 특성상 액션 신이 많았기에 배우들의 휴식 시간이 꽤 긴 편이었다. 강찬 또한 액션 신을 마치고 잠시 휴식을 취하며 핸드폰을 확인하다 이내 미소를 지었다.

-오빠도 촬영 잘하고 있죠?
-이제 리허설 올라가요. 엄청 떨린다. 겁나 떨린다. 죽도록 떨린다.

여진주에게 문자가 와 있었다.
오늘은 여진주가 VOV라는 걸그룹으로 지상파에 데뷔하는 날이었다. 시계를 보니 오후 4시. 음악방송이 시작할 시간이었다.

-데뷔하자마자 1위 할 거니까 걱정 말고 힘내.

문자를 쓴 강찬은 '너무 아저씨 같은가?' 하고 생각하다 그냥 보냈다.
아저씨가 아저씨 같은 게 뭐가 나쁘단 말인가.
문자 전송이 완료된 걸 확인한 강찬은 핸드폰으로 DMB를 켰다. 촬영장에 TV가 있었으면 좋았겠지만 그렇진 않았기에 핸드폰으로라도 보려는 생각이었다.
그렇게 강찬이 DMB를 틀었을 때, 소리를 들은 이여름이 그의 옆으로 다가오며 물었다.

"뭐 보세요?"

"음악방송."

"감독님도 음악방송 챙겨 보세요?"

"평소엔 잘 안 보는데 오늘 아는 사람이 데뷔하거든."

그러자 이여름의 눈이 동그래졌다.

"진짜요? 와, 누군데요?"

강찬이 대답하려 할 때, 화면이 훅 넘어가며 '핫 데뷔 VOV!'라는 문구와 함께 여진주가 속한 그룹의 소개가 이어졌다.

그리고 여진주의 얼굴이 나오자 강찬이 화면을 가리키며 말했다.

"이 사람."

"와, 예쁘다. 언니 이름이 진주예요? 이름도 예쁘네."

화면 속 여진주는 도회적인 얼굴에 어울리게 새침해 보이는 화장을 하고 있었는데 그 모습이 상당히 귀여웠다.

두 사람이 화면에 집중하고 있을 때, 일을 마치고 온 서대호가 다가왔다.

"둘이 뭐 해?"

"감독님 아는 분이 오늘 데뷔하신대요!"

이여름의 말에 서대호가 "오~" 하는 소리와 함께 강찬의 의자 뒤에 서며 말했다.

"오늘 진주 데뷔야?"

"어."

"오오."

MC들의 화려한 소개가 지나고 VOV의 무대가 시작되었다.

다섯 명의 소녀는 교복 컨셉의 옷을 입은 채 무대에 서 있었고 곧 그들의 데뷔곡 'Take my hand'가 흘러나오기 시작했다.

'1위할 만하네.'

모두에게 신곡이지만 강찬에게만은 추억의 노래인 'Take my hand'는 다시 들어도 명곡이었다.

경쾌하고 발랄한 콘셉트의 음악과 칼 같은 군무, 그리고 격한 춤을 추면서도 흐트러지지 않는 모습이 인상적인 무대가 펼쳐졌고 세 사람의 눈이 손바닥만 한 화면에 고정되었다.

**-내 손을 잡아줘!**

여진주의 마지막 노랫말과 함께 그녀의 얼굴이 클로즈업되며 무대가 끝났다.

"그렇게 좋냐?"

"뭐가?"

"입이 귀에 걸리셨는데."

서대호의 말에 강찬이 대답 대신 웃음을 흘리자 이여름이 물어왔다.

"설마 저 언니 감독님 여자 친구예요?"

이여름의 질문에 대답한 사람은 서대호였다.

"그 전의, 뭐랄까. 감정이 싹트는 단계랄까."

"와! 대박! 어떻게 만났어요?"

서대호는 강찬이 장미꽃을 들고 여진주의 학교에 찾아간 썰을 풀기 시작했다.

그 사이 다른 팀들의 무대가 끝나고 결과 발표의 순간.

**-오늘의 1위는…… 총점 4,491점! 데뷔와 동시에 1위를 하다니 축하드립니다! VOV!**

MC의 발표와 동시에 VOV의 얼굴이 줌인되었고 기뻐하는 그녀들의 얼굴이 카메라에 잡혔다. 곧 앵콜 무대가 이어졌고, 앵콜 무대까지 다 본 강찬은 여진주에게 문자를 보냈다.

-1위 축하해.

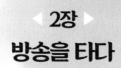

# 2장
# 방송을 타다

시간은 빠르게 흘러 인터뷰의 날이 왔다.

대학생 스타일과 감독 스타일. 두 가지 중 고민하던 강찬은 무난하게 청바지에 와이셔츠와 재킷을 걸치고 약속 장소로 향했다.

"안녕하세요. 시네마 24의 기자, 정승아예요."

정승아를 보고 제일 먼저 든 생각은 '작다'였다. 150㎝가 간신히 넘을 것 같은 작은 키와 어떻게 이목구비가 다 들어 있나 신기할 정도로 작은 얼굴. 목에 건 카메라가 버거워 보일 정도로 조그만 체구까지.

"강찬입니다."

악수하며 잡은 손도 작았다. 만일 그녀가 정장 차림이 아니었다면 고등학생 정도라 생각할 외모였다.

"광고보다 잘생기셨네요?"

"……감사합니다."

칭찬인지 아닌지 헷갈리는 말에 강찬이 한 템포 느린 대답을 하자 정승아는 녹음기를 꺼내 테이블 위에 올려놓으며 말했다.

"지금부터 말씀하시는 건 다 녹음될 거예요. 그렇다고 다 기사로 나가는 건 아니고요, 나중에 제가 기사 쓸 때 톤까지 기억하려고 녹음하는 거니까 이해해 주시면 감사하겠습니다."

"예."

녹음기에 빨간 불이 들어오고 첫 인터뷰가 시작되었다.

그녀는 유난히 큰 입으로 밝게 웃으며 말을 이었다.

"그건 그렇고 팬이에요."

"예?"

"저도 미래대 영상학부 나왔거든요. 다시 한번 반가워요, 후배님. '우리들' 잘 봤고 광고도 잘 봤어요."

이렇게 또 학연이 이어지나 생각한 강찬이 감사하다 말하자 그녀가 말을 이었다.

"보통 고등학생들이 영화를 찍어 대학을 가자는 생각을 하진 않잖아요. 영화감독이 되자 마음을 먹은 계기가 있나요?"

"아버지가 영화감독이셨어요. 그러다 보니 자연스럽게……."

그녀의 인터뷰 스타일은 독특했다. 강찬이 학교 후배라 그런지 몰라도 마치 후배의 근황을 묻는 선배처럼 편한 분위기에서 대화가 오갔다.

정승아는 강찬이 영화감독이 된 계기부터 '우리들'이 담고 있는 메시지, 광고를 찍게 된 이유와 연출 작업 중 신경 쓰는 것 등을 물었다.

"선댄스 영화제에 출품하는 게 목표라고요?"

"출품에 의의를 두고 싶진 않고, 이왕 나가는 거 심사위원 대상이 목표입니다."

강찬의 말에 정승아가 놀란 눈을 하고 물었다.

"선댄스 영화제에서 상을 받은 한국 사람이 단 한 명뿐이라는 거 아시나요?"

"예. 2004년에 김동원 감독님의 작품인 '송환'이 받은 표현의 자유상. 단 하나죠."

그리고 2013년에 제주 4.3 항쟁을 다룬 한국영화 '지슬'이 한국 사상 최초로 심사위원 대상을 수상할 것도 알고 있다.

다른 의미로 놀란 표정을 지었던 정승아는 오, 하는 소리와 함께 답했다.

"쉽지 않을 텐데요."

"한창 도전할 나이잖아요. 그리고 제 이름을 알리고 투자를 받으려면, 이게 가장 빠른 길이기도 하고요."

강찬의 말에 정승아가 고개를 갸웃하며 물어왔다.

"선댄스는 독립 영화제잖아요? 우리나라 영화관은 상업 영화가 99% 이상이고요. 거기서 두각을 나타낸다 해도 상업 영화감독으로 투자를 받긴 힘들 텐데요."

일반적이라면 정승아의 말이 맞았다.

그녀는 표현을 순화해 두각이라 말했지만 사실 상을 받지 못하는 이상 대중의 관심을 얻기는 힘들 것이고, 대중의 관심을 얻지 못한다면 투자자의 관심 또한 받지도 못한다.

게다가 선댄스 영화제는 다양성을 중시하는 영화제로 독립 영화와 다큐멘터리를 중심적으로 다룬다.

독립 영화의 의의는 상업 영화 제작에 반드시 따르는 제작비 회수 및 이윤 창출을 위한 자본의 압력을 배제하고, 다양한 예술적 시도들을 할 수 있는 토양을 마련한다는 데 있다.

즉, 감독의 번뜩이는 재능을 판별할 무대가 되긴 하지만 이 감독이 상업적인 영화를 만드는 재능이 있는지까지는 알 수 없다는 뜻도 된다.

하지만 강찬의 영화 '악당'은 독립 영화의 탈을 쓴 상업 영화였다.

가족이 없어 그 소중함과 정을 모르는 주인공 '오지훈'과 가족으로 인해 상처받고 가족이 없어졌으면 하는 꿈을 꾸는 소녀, '주한솔'이 만나 진정한 가족의 의미를 깨닫는 휴머니즘 가득한 영화.

하지만 강찬은 그 두 사람의 이야기를 액션으로 풀어갈 생각이었다. 그렇기에 독립 영화의 탈을 쓴 상업 영화라고 하는 것이다.

그녀의 말에 강찬은 미소를 지었다. 그 자신감 넘치는 미소에 정승아의 얼굴에 호기심이 어릴 때, 강찬이 답했다.

"예술가들은 작품으로 말한다고 하잖아요? 저도 긴말보다는 영화로 보여 드리겠습니다."

강찬의 대답에 정승아는 와, 하는 감탄사와 함께 물개 박수를 쳤다.

"방금 조금 멋있었어요. 약간 오글거리기도 했는데. 어차피 기사니까 상관없고. 사진 한 장만 찍을게요. 조금만 오만한 표정으로……."

정승아는 느낌이 왔는지 바로 카메라를 들고 강찬을 찍기 시작했고 강찬은 그녀가 원하는 대로 자세를 취해주었다.

"오케이. 공적으로 마지막 질문. 영화를 찍는 이유가 뭐예요?"

"즐거워서요."

"좀 구체적으로요."

"음……. 정확히는 하나의 장면을 위해 영화를 만들어요. 제가 하고 싶은 이야기나 다른 사람들에게 보여주고 싶은 이야기. 간단히 말하면 '주제'겠죠. 그걸 제대로 또 잘 전하기 위해 앞뒤 이야기를 만들어 붙이죠. 그 과정이 즐거워서 영화를 만들어요."

그의 말에 정승아는 고개를 끄덕이더니 말했다.

"부럽네요. 저도 영화를 만들고 싶었는데 생각보다 어려운 게 너무 많더라고요. 이 얘기는 나중에 사적인 자리에서 하고."

그녀는 강찬과 사적인 자리에서 만나기로 약속이라도 한 듯 눈을 찡긋했고 강찬은 헛웃음을 흘렸다. 정승아는 자신의 눈웃음이 무기라도 되는 양 미소를 지으며 말을 이었다.

"VOV의 리더, 여진주 양이랑은 무슨 관계에요?"

"배우와 감독 사이입니다."

칼 같은 대답에 정승아가 눈을 흘겼다.

"그러기예요?"

"뭐가요?"

"학교까지 찾아갔다면서요."

"캐스팅하려고 갔던 겁니다."

"장미꽃 들고?"

강찬은 대답 대신 입술을 씹었다. 그때는 여진주를 캐스팅하기 위한 최적의 방법이라 생각했던 건데, 두 사람이 유명해진 이후 그런 소문이 퍼질 것을 생각하지 못했다.

강찬이 이마를 감싸자 다른 의미로 이해한 정승아가 의미심장한 미소를 지으며 말을 이었다.

"다른 사람들 눈에는 그렇게 안 보였던 모양인데? 제 눈에도 그렇고."

"노코멘트하죠."

"흐음."

그녀는 다 안다는 듯 고개를 끄덕이고선 말했다.

"아까도 말했지만 팬이에요. 연예부 기자도 아니니 굳이 사생활을 캘 생각도 없고."

생각보다 쿨하게 물러선 그녀는 과장된 동작으로 녹음기를 끄고선 말했다.

"자, 이제 오프더레코드니까 나한테만 말해주면 안 돼요?"

그럼 그렇지. 강찬은 단호히 고개를 저었다.

"그냥 친한 동생입니다."

"단호하시네."

"저야 그렇다 쳐도 아이돌의 이미지는 중요하잖습니까. 이제 막 데뷔한 애 앞길 막을 생각은 없습니다."

그의 말에 정승아가 고개를 끄덕였다.

"그러시다면 어쩔 수 없죠."

그 이후 자잘한 이야기를 나눈 뒤 인터뷰가 끝났다. 정승아는 기사를 기대하라는 말과 함께 손을 흔들며 돌아갔고 강찬은 액션 스쿨로 향했다.

24시간 바쁘게 돌아가는 촬영 스케줄 안에서도 강찬은 액션 스쿨만은 빠지지 않고 나갔다.

이번 작품 '악당'의 장면 중 50% 이상이 액션 신이니 더 신경 써야 했기 때문이다.

"거기서 받아치고, 그렇지."

"좀 더 작은 동작으로! 진짜 때린다는 생각으로! 때려도 괜찮습니다!"

강찬과 한상인은 실전 싸움을 방불케 할 정도로 격한 액션을 벌이고 있었다.

그러다 보니 실제로 몸이 부딪히는 경우도 다반사였는데 그런 상황에도 강찬은 물러서지 않았다.

'앞으로 유행할 액션은 실전 위주다.'

지금까지의 영화들이 선과 멋을 살린 액션이었다면 앞으로 유행할 액션은 '진짜 싸움'이었다.

대표적인 작품으로 '아저씨'가 있다.

쓸데없이 멋들어진 동작이 아닌, 철저히 실전 위주의 동작으로 구성된 합은 관객들이 숨을 쉴 여유조차 주지 않았다.

그 결과 아저씨는 대한민국 액션 영화계의 새 지평을 열었다
는 평가를 받을 정도.

아저씨의 액션이 다른 영화와 차별화된 것은 '말이 된다'는
것이다.

한 대도 맞지 않고 6:1을 이겨 버리는 주인공이 아닌, 피할
수 없는 공격은 최대한 대미지를 줄이며 받아내고 한 번의 공
격으로 상대의 급소를 노리는 지극히 실용적인 액션.

강찬이 추구하는 것도 그것이었다.

보는 맛이 있는 액션이 아닌, 관객의 손에 땀을 쥐게 하는
액션. 이번 영화 '악당'에서도 그런 액션이 주가 되고 있었다.

"후…… 수고하셨습니다."

"감사합니다."

수업이 끝나고 벤치에 앉아 쉬려 할 때, 강찬의 액션 수업을
구경하고 있던 송인섭이 다가왔다.

"여!"

송인섭은 봉준혁 감독의 영화 '우아한 내일'에서 많은 액션
신을 소화하고 있었기에 꾸준히 액션 스쿨에 나왔다.

저번 사건 이후 송인섭은 강찬에게 살갑게 대하다 못해 친
동생처럼 대하고 있었고 강찬 또한 그를 가까이하고 있었다.

강찬이 지금까지 봐온 송인섭은 마약이나 음주운전을 할
만한 사람이 아니었다.

술을 마시면 자제력을 조금 잃긴 했지만, 그 정도가 일반인들이 술에 취했을 때와 별다르지 않은 정도였다.

게다가 배우라는 직업을 아주 잘 이해하고 있기에 자신의 이미지를 무엇보다 중요하게 여기는 사람이었다.

그렇기에 궁금증은 나날이 커져 갔다. 그가 왜 마약을 하고 음주운전을 했으며 여성 편력이 문제가 될 정도로 문란하게 살았는지에 대해서.

다가온 송인섭은 강찬의 팔뚝에 든 멍을 보더니 미간을 찌푸리며 말했다.

"안 아프냐?"

"버틸 만해."

강찬의 멍을 쿡쿡 찔러보던 송인섭은 이내 벤치에 허리를 기대며 말했다.

"스파르타로 해서 그런가?"

"뭐가?"

"확실히 전보다 나아진 거 같아서."

액션을 주로 하는 송인섭의 눈에 그렇다면 확실히 실력이 늘고 있다는 것이다. 액션이 발아한 이후 쭉 액션을 연습하고 있었으니 그럴 수도 있다는 생각과 함께.

'액션 2단계는 뭐려나.'

발아 2단계가 되면 선택지가 주어진다. 음주와 편집이 그랬고 연설 또한 그랬다. 그렇다면 액션 또한 신기한 능력이 주어질 터.

잠깐 다른 생각을 하던 강찬의 눈앞으로 송인섭의 손이 오갔다.

"뭐 생각해?"

"아, 내 실력이 늘었나 하고. 진짜 그래?"

"응. 처음 봤을 때도 나쁘지 않았는데 지금은 뭐랄까, 진짜 액션 배우 느낌? 나도 상인 사범님한테 배워볼까?"

그의 칭찬에 강찬이 미소를 짓자 송인섭이 강찬의 팔뚝을 툭툭 치며 말했다.

"그건 그렇고, 오늘 한잔?"

"촬영장 가야 해."

"아, 무슨 맨날 시간이 없어."

"5개월 만에 영화 하나 만드는 거잖아. 나 요즘 집에도 못 들어간다니까."

강찬의 말에 송인섭이 아이처럼 투정을 부렸다.

여자가 보기엔 귀여울지 몰라도 강찬의 눈에는 수염 자국 성성한 아저씨가 앙탈을 부리는 것 같아 계속 보고 있기가 힘들었다.

강찬이 고개를 돌리자 송인섭이 짧은 한숨과 함께 강찬의 어깨에 손을 올리며 말했다.

"찬아, 요즘 형이 힘들어."

"그래, 나도. 그리고 힘들면 술을 끊으세요, 송 배우님. 무슨 사람이 하루를 안 쉬고 달리냐."

"……."

할 말이 없어진 송인섭은 쩝, 하고 입맛을 다신 뒤 말했다.

"어떻게 하면 마셔줄래."

"……형 그쪽 취향은 아니지?"

"미친……."

욕을 뱉은 그는 혹시나 들은 사람이 있을까 주변을 살핀 뒤 말을 이었다.

"내가 그런 사람들을 싫어하는 건 아니거든? 근데 그쪽으로 오해하진 말았으면 한다. 그저 친한 형, 동생 사이에 술이 빠지니 섭섭해서 그렇지."

말은 저렇게 해도 저번 사건을 아직도 마음에 담아두고 있는 모양이었다. 그러니 술이라도 한잔하며 고마움을 표하려는 모양이었는데, 안타깝게도 강찬은 정말로 시간이 없었다.

"이번 촬영만 끝나면 선댄스 발표할 때까지 시간 많아. 술독에 빠져 죽든 뭘 하던 그때 합시다."

"그럼 다른 거 필요한 건 없냐?"

질문의 방향이 달라지자 강찬이 짧게 한숨을 쉬었다. 마음의 짐을 덜어내기 위해서라도 강찬의 손에 무언가를 쥐여줘야

직성이 풀릴 모양이었다.

"그럼 카메오나 한번 나오든가."

의외의 제안이었는지 송인섭이 오, 하는 얼굴로 고개를 끄덕였다.

"카메오? 제목이 악당이라고 했지. 그 영화에?"

"응."

"괜찮은데?"

그렇게 두 사람이 카메오에 관해 좀 더 자세히 이야기를 나누고 있을 때, 플렉스 짐의 입구 쪽이 소란스러워졌다.

자연스레 두 사람의 시선이 돌아갔다. 입구에는 카메라 장비와 조명, 오디오 장비 등 방송 촬영에 쓰일 법한 장비들이 들어오고 있었다.

"오늘 뭐 촬영하나?"

"그러게."

두 사람의 시선이 그쪽으로 향했을 때, 한상인이 음료수를 뽑아 오며 말했다.

"만 원의 행복 촬영하러 온다 하더니 그건가 봅니다."

만 원의 행복이라면 강찬도 아는 프로그램이었다.

일주일간 만 원으로 생활하는 스타의 모습을 담는 리얼 버라이어티, 예전에 재미있게 본 기억이 있었다.

"만 원의 행복이요? 누구 촬영인데요?"

"이가은 배우요."

이가은이라는 이름에 송인섭이 벌떡 일어서며 물었다.

"가은이도 여기 다녀요?"

"이번에 영화 캐스팅되면서 등록했습니다."

이가은의 이름을 부르는 송인섭의 목소리에 친근함이 느껴지자 강찬이 물었다.

"형 이가은 배우랑 친해?"

"어. 데뷔작 나랑 같이했었잖아. 그때부터 봤고, 쟤도 또 알아주는 술고래거든. 요즘 서로 스케줄이 안 맞아서 못 봤는데 잘됐네. 얼굴이나 봐야겠다."

이가은이라면 배우라기보다는 모델의 이미지가 큰 사람이었다. 그도 그럴 것이 중학생 때부터 모델로 활동하다 영화감독의 눈에 들어 단역으로 시작한 배우였으니.

그러다 연기력을 인정받고 하나둘씩 작품 풀을 늘려가며 입지를 넓혀가고 있는 배우이자, 미래에 크게 성공하진 않지만 주조연을 오가며 자신의 연기 입지를 확실히 갖게 되는 배우였다.

송인섭은 아, 하는 소리와 함께 강찬을 바라보았고 이내 악동 같은 미소를 지으며 말했다.

"소개시켜 줄까?"

"그런 의도의 소개가 아니라 그냥 인간 대 인간으로 알고 싶은데."

"이 형님의 의도는 아끼는 동생들끼리 서로 알고 지냈으면 하는 것밖에 없단다."

마치 연기를 하듯 과장된 톤으로 말한 송인섭은 핸드폰을 들어 어디론가 전화를 걸었다.

"어, 가은아. 어디야? 응. 나도 거기거든. 오늘 너 촬영 있다기에 오랜만에 얼굴이나 보려고 그러지. 소개시켜 줄 사람도 있고. 당연히 남자지. 어? 촬영? 잠깐만."

송인섭은 볼에서 전화를 떼더니 강찬을 보고 물었다.

"프로그램 특성상 우리 만나는 것까지 찍을 것 같다는데, 방송 나가도 괜찮아?"

그의 물음이 강찬이 헛웃음을 흘렸다. 이미 그가 찍고 그가 등장한 CF가 지상파에 나가고 있는 상황. 게다가 방송에 나가 그를 알릴 수 있다면 영화의 홍보도 자연스럽게 될 터. 거부할 이유가 없었다.

"그럼."

강찬의 대답에 고개를 끄덕인 송인섭이 수화기에 대고 말했다.

"오케이. 주차장으로 갈게."

일사천리로 약속을 잡은 송인섭이 강찬을 바라보며 말했다.

"가자."

주차장으로 나가는 길, 송인섭이 걸음을 멈추더니 강찬을 보며 말했다.

"그러고 보니까 꽤씸하네."

"뭐가?"

"내가 술 먹자고 할 때는 시간 없다고 그렇게 튕기더니, 여자 소개시켜 준다니까 바로 가?"

그의 투정에 강찬이 헛웃음을 흘렸다.

"그거랑은 다르지."

"뭐가 달라, 인마. 후…… 말해 무엇하리. 그래, 마음 넓은 내가 이해해 줘야지."

혼자 북 치고 장구 치는 것을 마친 송인섭은 다시 걸음을 옮기기 시작했고 강찬은 고개를 저으며 그의 뒤를 따랐다.

주차장으로 나가자 벌써 카메라가 돌아가고 있었다. 그녀를 찍는 카메라 하나와 주변을 찍는 카메라 하나. 그리고 반사판을 든 스태프까지.

그런 환경이 익숙한 것인지, 아니면 연기인지, 이가은은 주변 상황을 하나도 신경 쓰지 않은 채 밴에 앉아 메이크업을 받으며 과자를 먹고 있었다.

"저 상태로 24시간을 보내는 거야?"

"정확히는 일주일이지. 돈 쓰는 거 감시하려고 집에도 카메라 설치한다고 그러던데."

아무리 관심을 먹고 사는 연예인이라지만 24시간 동안 카메라를 달고 살아야 한다니…….

곧 두 사람을 발견한 이가은이 손을 흔들었다. 그러자 주변을 찍고 있던 카메라가 두 사람을 촬영하기 시작했다.

"오빠 오랜만!"

이가은은 과연 모델이라는 말이 어울릴 정도의 비율을 가지고 있었다. 170이 넘어 보이는 키에 조막만 한 얼굴, 길쭉길쭉한 팔다리까지.

"그러게, 이렇게 만나네."

인사를 마친 이가은의 시선이 강찬에게로 향했고 카메라 또한 강찬의 얼굴을 담았다. 그러자 송인섭이 타이밍 좋게 말했다.

"이쪽은 모델이자 배우, 그리고 스물셋, 이가은. 그리고 이쪽은 영화감독 겸 광고감독 겸 배우, 스물, 강찬."

"안녕하세요. 이가은이에요."

"강찬입니다."

송인섭의 소개에 악수를 마친 뒤 이가은이 강찬을 바라보며 물었다.

"와, 스무 살인데 무슨 커리어가 그렇게 화려해요? 나 스무 살 때는 뭐 했더라?"

강찬이 멋쩍게 웃자 그녀가 말을 이었다.

"신기하네. 그럼 지금은 뭐 하고 있어요? 영화 촬영하고 계시려나?"

"예. 독립 영화 촬영하고 있습니다."

"감독으로?"

"네."

이가은이 신기해하며 강찬의 얼굴을 바라보다 아! 하는 감탄과 함께 말했다.

"광고, 그 광고! MAKE YOUR UCC에 나온 사람 맞죠?"

이가은은 강찬의 얼굴을 이리저리 보더니 '맞네, 맞네!' 하면서 호들갑을 떨었다. 그녀의 말에 카메라 하나가 강찬의 얼굴을 클로즈업했고 그의 표정이 그대로 카메라에 담겼다.

"그거 노래 엄청 좋던데. 광고 볼 때마다 저도 모르게 메이크 유어 유씨씨, 하는 후렴구가 떠오르더라니까요."

"감사합니다."

칭찬을 받은 것은 강찬이었지만 송인섭의 어깨 또한 함께 올라가고 있었다. 송인섭은 '내가 이렇게 대단한 동생을 알아.' 하는 표정으로 말을 거들었다.

"게다가 얘 미래대 수석이야."

"와…… 수석이래. 대박! 공부 잘해요?"

"아뇨, 공부는 아니고 영화 찍어서 실기로 들어갔어요."

두 사람이 대화를 나누는 모습이 꽤 재미있었는지 작가로 보이는 여자 하나가 스케치북에 '앉아서 대화'라는 말을 써서 흔들었다.

아무리 리얼리티를 표방하는 프로그램이라지만 이 정도 연출은 있는 듯했다. 그것을 본 송인섭은 자연스럽게 두 사람에게 말했다.

"이제 5월인데 벌써 해가 따갑네. 너 액션 수업받으러 온 거지? 언제야?"

"나 6시."

"그럼 시간도 남는데 커피나 한잔할까? 아, 너 커피도 못 마시나?"

"응. 너무 불쌍하지 않아?"

만 원의 행복 프로그램의 특성상 남이 사주는 음식은 먹을 수 없었다. 그녀는 불쌍한 표정을 지으며 카메라 뒤에 선 PD를 바라보았다. 그러자 PD가 웃으며 말했다.

"미션 성공하시면 빌붙기 찬스 드릴게요."

"무슨 미션인데요?"

동글뱅이 안경을 쓴 PD가 안경을 쓱 올리며 말을 이었다.

"세 분 다 영화 쪽 일 하시니까 영화 제목 초성 퀴즈 어때요?"

PD의 말에 세 사람이 서로를 바라보았고 곧 이가은이 말했다.

"나 퀴즈는 엄청 약한데. 그래서 그런지 PD님이 찬스마다 퀴즈만 낸다니까? 너무해, 진짜."

"나도 퀴즈는 영 젬병인데, 우리 미래대 수석님은 어때?"

송인섭도 별로 자신이 없는지 발을 뺐지만, 강찬은 자신 있었다. 초성 퀴즈라는 게 좀 걸리긴 했지만, 영화 밥만 20년, 어지간한 영화라면 다 맞출 자신이 있었다.

"전 자신 있어요."

"진짜요?"

"예."

"역시 미래대 수석."

"공부로 간 거 아니라니까요."

"딱 다섯 문제만 맞혀봐요, 우리."

이가은이 기세 좋게 '도전!' 하고 외치자 PD가 미소를 지으며 말했다.

"한 문제 맞힐 때마다 오백 원씩 빌붙게 해드릴게요. 문제는 총 열 문제. 제한 시간은 3분."

10문제를 다 맞춘다면 오천 원, 커피 한 잔은 마실 수 있는 금액이었다. PD가 룰을 설명하는 사이, 작가들이 뒤로 돌아 스케치북에 초성을 적기 시작했다.

"아시겠지만 실패하면 아무것도 없습니다."

PD의 말에 눈을 흘긴 그녀는 강찬을 바라보며 말했다.

"제가 원래 카페인 중독잔데, 만 원의 행복 찍느라 5일째 커피를 입에도 못 댔거든요. 그러니까……."

"걱정 붙들어 매세요."

강찬의 말을 들은 동글뱅이 안경 아래로 보이는 PD의 눈이 음흉하게 빛났고, 강찬은 그를 마주 보며 미소를 지어주었다.

별다른 악감정이 있는 것은 아니었지만 만 원의 행복 애청자였던 강찬은 PD가 출연자들을 괴롭히는 것을 보며 공분했던 기억이 있었다. 그렇기에 한 번쯤 저 얼굴이 일그러지는 것을 보고 싶었다.

곧 준비가 끝났고 PD가 말했다.

"자, 그럼 시작합니다!"

PD가 스톱워치를 돌린 순간, 스케치북을 들고 있던 스태프가 스케치북을 뒤집었다. 스케치북에 쓰인 글자.

[ㅈㄹㄱ ㄱㅇ]

초성이 눈에 들어온 순간 답이 떠올랐다.

"쥬라기 공원."

스케치북이 거의 뒤집힌 순간 말한 정답이었기에 강찬을 제외한 사람들의 얼굴에 당황이 서렸다.

"지읒리을기역…… 맞네! 쥬라기 공원!"

"맞아요?"

"아, 네. 정답!"

"다음! 빨리 다음!"

시간이 가는 게 아쉬운지 이가은이 스태프를 보챘고 곧 다음 문제가 나왔다.

[ㅇㅇㄹㅂ]

"아이로봇."

"······정답."

PD의 맥없는 목소리와 함께 또다시 스케치북이 넘어갔다. 그리고 1분이 지나기도 전, 강찬은 아홉 문제를 맞혀 버렸다.

어느새 이가은과 송인섭은 들러리가 되어 잘한다, 잘한다 하는 추임새를 넣고 있는 상황. 실소를 흘린 강찬이 다시 스케치북으로 시선을 돌렸을 때 마지막 문제가 나왔다.

[ㅆㅇ]

"쏘우?"

"땡!"

"싸움?"

"땡!"

드디어 강찬이 막혔다. 그러자 가만히 보고 있던 송인섭이 번쩍 손을 들더니 외쳤다.

"쏘야!"

"땡!"

"쏘야는 무슨 영화야?"

"소시지 야채 볶음……?"

되지도 않는 헛소리에 강찬은 헛웃음을 흘렸다. 그리고 다시 스케치북을 보았을 때. 강찬이 아, 하는 소리와 함께 정답을 외쳤다.

"싸인!"

"……정답입니다."

스톱워치를 보니 이제 1분 20초가 지나고 있는 상황. PD의 정답 사인과 함께 이가은이 방방 뛰며 기뻐했고 PD의 표정이 일그러졌다.

"고마워요! 만세!"

커피를 마실 수 있다는 기쁨보다는 PD를 골탕 먹였다는 것이 더 기뻐 보이긴 했지만. 강찬 또한 기뻤기에 PD를 바라보았다.

그리고 두 사람의 눈이 마주쳤을 때, PD가 입술을 깨물며 말했다.

"한 문제 더 하죠."

"제가 왜요?"

이가은은 PD의 이런 모습이 즐거운지 목소리를 늘어뜨리며 놀렸고, PD가 말을 이었다.

"한 문제만 더 해서 맞추면 오천 원 추가!"

"틀리면요?"

"이천 원 빼고 삼천 원만 드리겠습니다. 그래도 커피 한 잔은 마실 수 있잖아요?"

PD의 말에 이가은이 손을 휘휘 저었다.

"안 해, 안 해. 차라리 오천 원으로 비싼 거 한 잔 마실래요."

굳이 이가은이 할 이유가 없는 내기였다. 하지만 PD는 포기할 생각이 없는지 끈질기게 이가은을 회유했다.

그 모습을 지켜보던 강찬의 입가에 미소가 걸렸다.

'재미 때문에 하는 거구나.'

PD와 출연자의 대립 구도 또한 프로그램의 재미 중 하나. 재미가 있을 것 같은 장면이 나오자 그 장면을 더 뽑기 위해 이러고 있는 것이었다.

이가은 또한 그걸 아는지 은근슬쩍 넘어가는 척 조건을 맞추었고 곧.

"이기면 내일도 커피 한 잔! 지면 삼천 원!"

"알겠습니다."

이가은이 수락하자 PD와 작가가 머리를 맞대고 수군거리기 시작했고 이내 노트북을 들고 검색까지 했다.

카메라 감독은 어려운 문제를 내기 위해 고뇌하는 제작진의 모습과 그걸 바라보며 표정이 굳어가는 이가은의 모습을 번갈아 찍었다.

"……나 강 감독님만 믿어요."

"노력할게요."

곧 결연한 표정을 지은 PD가 세 사람의 앞으로 다가오며 말했다.

"자, 그럼 문제 나갑니다! 제한 시간은 3분!"

문제를 외치는 PD의 목소리에 힘이 들어갔다. 왜인지 모를 불안감에 강찬의 시선이 스케치북으로 향했고.

[ㄱㄷㄱㅂㄱㅇ ㅈㅇㅇㅅㅇㅇ]

"……."

"너무하네. 돈 주기 싫으면 주기 싫다 하시지."

이가은은 투정을 부렸고 PD는 만족스러운 미소를 지었다.

PD가 들고 있는 시계를 보니 남은 시간은 2분여. 강찬은 답을 모르겠다는 듯 초성을 읽으며 초조한 기색을 내비쳤다.

그러자 PD가 해맑게 웃었다. 이건 너도 못 맞추겠지! 하는 웃음이었다. 하지만 강찬은 속으로 미소를 짓고 있었다.

'제목이 길면 오히려 쉽지.'

저 정도로 제목이 긴 영화는 많지 않다. 특히 이응이 저렇게 많이 들어가는 영화는. 강찬은 답을 알고 있었지만, 일부러 시간을 끌다가 10초쯤 남았을 때 아, 하는 소리와 함께 손뼉을 쳤다.

"그거! 그거! 공동경비구역 제이에스에이!"

이것까지 맞출 거라곤 생각하지 못한 PD는 현실을 부정하듯 고개를 저었다.

"꺄! 정답! 정답이죠!"

"……정답입니다."

프로그램이 폐지되었다는 통보를 들으면 저런 표정이 나올까 싶은 얼굴을 한 PD가 정답을 말하자 이가은이 카메라를 바라보며 즐거운 비명을 지르기 시작했다.

카페에 도착한 이가은은 아주 진한 커피를 한 잔 주문한 뒤 말했다.

"아까 PD님 표정 봤어요? 막 세상이 무너진 표정이던데."

이가은이 낄낄 웃으며 PD를 바라보았고 카메라가 돌아가며 잔뜩 일그러진 PD의 얼굴을 담았다.

"아, 기분 좋다. 강찬 씨 고마워요. 덕분에 오랜만에 커피도 마시네."

"설마 공짜로 넘어가시려는 건 아니죠?"

"네?"

강찬이 미소를 짓자 그녀가 당황 가득한 표정으로 말했다.

"저 돈 없어요."

"500원만 받을게요."

"아…… 진짜? 진심으로?"

"커피 두 잔에 500원이면 싼 거 아닌가요?"

강찬의 말에 이가은은 울상을 지었고 울상을 짓고 있던 PD는 재미있다는 듯 미소를 지었다.

그러자 강찬이 PD를 바라보며 말했다.

"PD님이 허락을 해주셔야……."

"그럼요. 노동의 대가를 받는 건 당연한 겁니다. 하물며 커피 2잔에 500원이면 거저먹는 장사죠."

강찬의 말이 끝나기도 전에 PD가 치고 들어오며 말했고 이가은의 얼굴은 점점 더 울상이 되었다.

"그렇죠? 500원은 너무 싸네. 그냥 다음 주쯤에 커피 한 잔 사주세요."

"예?"

"네?"

다시 한번 PD와 이가은의 얼굴에 희비가 교차했다. 이가은은 안심하는 표정과 함께 아하하 웃기 시작했고 PD는 속았다는 생각에 미간을 짚으며 고개를 숙였다.

"아, 대박. 방금 PD님 표정 찍었죠? 500원 가지고 사람이 어떻게 저래. 진짜 완전 악마라니까."

이가은의 웃음소리 아래, PD 또한 헛웃음을 흘리다가 강찬과 눈을 맞추며 말했다.

"영화감독이라 하시더니 연출이 장난 없으시네. 나중에 만원의 행복 한 번 찍으시죠."

"저요?"

"예. 아주 잘하실 거 같은데."

"……아뇨. 사양하겠습니다."

PD는 어떻게든 강찬을 출연시켜 괴롭히겠다는 아우라를 풍기며 설득했지만, 강찬은 넘어가 줄 생각이 전혀 없었다.

그 이후에도 강찬의 입담과 송인섭의 이야기, 이가은의 리액션 등으로 대화가 이어졌다. 특히 송인섭은 그간 예능과 토크쇼에 출연했던 경험을 살려 대화를 주도해 나갔다. 거기에 그들의 밝은 성격까지 더해지자 세 사람의 이야기는 웃음이 끊이질 않았다.

그렇게 대화를 나누고 있을 때, 송인섭과 이가은을 알아본 팬들이 다가와 사진을 찍거나 사인을 받아 갔다.

살짝 부럽다는 생각을 하고 있을 때, 여자 하나가 송인섭을 지나 강찬에게로 다가와 말했다.

"팬이에요."

"……네?"

강찬이 두 사람 사이에 앉아 있자 배우라 착각한 모양이었다. 그것을 본 송인섭이 씩 미소를 지으며 말했다.

"얘는 배우 아닌데."

"UCC 광고 만든 강찬 씨 아닌가요?"

팬의 말에 송인섭이 당황한 표정을 지었고 우스꽝스러운 모습에 카메라가 그의 얼굴을 클로즈업했다.

강찬은 송인섭을 보며 피식 웃음을 흘린 뒤 팬을 바라보며 말했다.

"어떻게 알아보셨어요?"

"광고 쪽 공부하고 있거든요. 스무 살 대학생이 만든 광고라고 떠들썩해요, 이쪽은. 광고도 인상적으로 봤고요. 메이크 유어 유씨씨!"

팬은 에일렌이 만든 후렴구까지 따라 불러주었고 강찬은 고개를 끄덕여 감사를 표했다.

"감사합니다."

그사이 괜한 오지랖을 부린 것이 부끄러워진 송인섭은 손으로 얼굴을 가린 채 의자에 몸을 묻었다.

"내가 형이면 쥐구멍이라도 찾아 들어갔다."

"시끄러."

송인섭은 최대한 얼굴을 가렸으나 손 아래로 붉어진 얼굴까지 가리진 못했고, 그 모습을 본 이가은은 결국 참지 못하고 웃음을 터뜨렸다.

한바탕 웃은 강찬이 팬에게 물었다.

"이름이 어떻게 되세요?"

"강민희요."

"알아봐 주셔서 고마워요. 광고 공부하신다고요?"

"네."

"나중에 광고 찍게 되시면 송인섭 배우 한 번 써주세요. 그리고 만나서 '그때 오지랖 부리신 분?'이라고 해주세요."

강찬의 말에 웃음을 터뜨린 그녀는 알겠다고 말한 뒤 사인을 받고 돌아갔다. 그 뒤로 촬영은 순탄하게 진행되었고 곧 이가은의 수업 시간이 되자 PD가 촬영의 중단을 알렸다.

스태프들이 장비를 정리하는 사이 PD가 강찬에게 다가와 말했다.

"강찬 감독님 덕에 이번 주 촬영분은 아주 재밌겠어요."

'목소리에 가시가 돋친 건 착각이겠지?'

그렇게 생각한 강찬이 미소를 지으며 말했다.

"그러게요. 챙겨 봐야겠습니다."

"그건 그렇고, 진짜 출연하실 생각 없으세요?"

"아, 저 영화 촬영 때문에 바빠서요. 그리고 인지도 없는 제가 출연하면 누가 보겠어요."

무엇보다 귀찮았다. 게다가 촬영에서 받는 스트레스를 먹는 것, 그리고 마시는 것으로 푸는 강찬인데 일주일을 만 원으로 생활하라니.

"입에 발린 말이 아니라 예능감이 좋으세요. 촬영하다 오랜만에 웃었습니다. 커리어도 좋고 말도 잘하시는 게, 괜찮을 거 같은데."

"아뇨. 죄송합니다."

아무리 들어도 입에 발린 말이지만, 칭찬은 고래도 춤추게 한다고 강찬 또한 기분이 좋아졌다. 그렇다고 수락할 순 없는 노릇. 강찬은 완강히 거부했고 그러자 PD가 아쉽다는 듯 명함을 내밀었다.

"언제든 생각이 바뀌시면 연락 주세요."

"알겠습니다. 감사합니다."

곧 촬영이 끝났다.

카메라가 꺼지자 이가은이 강찬에게 다가오며 핸드폰을 내밀며 말했다.

"다음 주에 커피 살게요."

"아, 괜찮습니다. 방송에서 한 말인데요, 뭐."

"……그래서 번호도 안 주겠다?"

"그건 아니죠."

강찬은 그녀의 핸드폰에 전화번호를 입력한 뒤 자신의 핸드폰이 울리는 것을 확인시켜 주었다.

"그럼 다음에 기회가 되면 또 뵙겠습니다."

"네. 오늘 덕분에 재밌게 촬영했어요. 오빠도 다음에 봐."

"오케이."

곧 촬영팀과 이가은이 카페를 떠나자 강찬은 소파에 널브러졌다.

1시간도 되지 않는 짧은 촬영이었지만 사방에서 카메라가 자신의 모습을 담는다는 게 은근히 부담스러웠기에 진이 빠진 기분이었다.

"연예인들 대단해."

"내가 좀 그런 면이 있지."

"……아, 형도 연예인이지. 그건 그렇고 땡큐. 형 덕에 방송 타겠다."

"네가 재미없게 했으면 통편집이었어. 근데 잘하던데? 내가 할 말이 없어서 혼났다."

송인섭은 뿌듯한 표정으로 강찬을 바라보다 이내 걱정스러운 얼굴이 되었다. 극적인 변화에 강찬이 그를 물음표 가득한 표정으로 바라보았을 때.

"방송분에 내가 너보다 비중 없게 나오면 어쩌지?"

"매우 좋지."

"……썩을 놈이."

이후로 두 사람은 시시콜콜한 이야기를 나누다가 헤어졌다.

택시를 탄 강찬이 자신의 영화 촬영장으로 향하고 있을 때, 방금 헤어진 송인섭에게 전화가 왔다.

"어, 형."

-야, 나 그 PD한테 전화 왔거든. 만 원의 행복 PD.

"어."

-나보고 출연할 생각 있냐고 하는데.

"그럼 하면 되지, 뭘 나한테까지 전화를 하고 그래."

-나 촬영할 때 너랑 그림 한 번 더 그려주면 하는 뉘앙스야.

그의 말에 강찬이 헛웃음을 흘렸다. PD가 쉽게 포기하는가 싶었더니 이런 수를 노리고 있던 건가.

헛웃음을 흘린 강찬이 대답하려던 순간, 그의 머릿속에 빛나는 아이디어가 떠올랐다.

"형."

-어.

"형이 카메오로 내 촬영장 오는 때랑 만 원의 행복 촬영 시기랑 맞출 수 있나?"

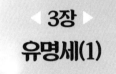

◀ **3장** ▶
# 유명세(1)

　강찬의 말 속에 담긴 뜻을 단박에 이해한 송인섭이 어이가 없다는 듯 웃다가 이내 물어왔다.

　-배우 송인섭, 그리고 만 원의 행복을 네 영화의 광고로 쓰겠다? 거기다 네 캐릭터도 챙기고? 네 앞마당이니 보여줄 수 있는 것도 많겠다, 거기에 가은이 때 출연한 거 방송한 다음일 테니 인기몰이도 하고?

　역시 송인섭은 프로다.

　강찬의 말 한마디로 이 많은 것을 유추할 정도로 머리가 좋기도 하고. 그렇기에 겪을수록 의문이었다.

　'이런 양반이 어쩌다……'

　"바로 그거지."

-너무 날로 먹으려는 거 아니냐?

"내가 회를 그렇게 좋아해."

-이 정도로 날로 먹으면 탈 나, 인마.

"탈 나는 거 감수할 정도로 먹음직스럽잖아?"

강찬의 말에 송인섭이 으하하 하고 웃음을 터뜨렸다.

-맞네, 맞아. 그렇지. 기회는 잡고 봐야지.

"그럼. 그래서 될 거 같아?"

-일단 회사에 물어볼게. 근데 내 스케줄은 거의 내가 관리하니까 아마 될 거다. 만 원의 행복 PD가 회사에 연락 안 하고 바로 나한테 연락한 것도 그거 알고 한 것 같고.

참 계산적인 세계다.

그러니 유명한 프로그램에 PD직을 맡고 있고, 잔뼈가 굵어질 정도로 영화판에서 살아남은 것이겠지만.

"오케이. 그럼 형만 믿고 기다리면서 시나리오 수정하고 있을게."

-이야…… 근데 너도 대단하다. 어떻게 내 말 듣자마자 그런 계획을 생각해 내냐.

"천재니까."

-……뭐라 반박할 말이 없어서 더 재수 없네. 됐다, 인마. 이거 성사되면 술 거하게 사는 거다?

"당연한 소리를."

송인섭은 콜, 하고 외친 뒤 나중에 보자는 말과 함께 전화를 끊었다.

'뜻밖의 기회다.'

강찬의 생각대로 일이 진행되기만 한다면 선댄스 출품 이후 한국에서 개봉할 때 흥행은 보장된 것이나 마찬가지다.

'문제는 배급사인데.'

강찬이 지금 '악당'을 찍고 있는 영화 제작 방식은 어찌 보면 주먹구구식이라고도 볼 수 있다.

원래 방식대로 영화를 제작한다면 시나리오를 작성하고 영화화시키기 위한 기획 단계를 걸쳐 투자자들을 만난 뒤 그들에게 '픽업'을 받아야 한다.

그리고 투자자가 정해진 뒤에야 제작진의 구성과 배우의 캐스팅, 그리고 예상 책정 등의 단계가 이루어지게 마련.

이 과정에 필요한 이들이 바로 영일 미디어아츠 같은 프로듀싱 회사이며, 이들은 시나리오를 픽업해 투자자들에게 보여주는 것을 시작으로 영화를 배급사에 넘겨 극장에 거는 것까지 도맡는다.

이런 식으로 제작의 모든 것에 관여하기에 PD, 프로듀서라고 하는 것이었다.

강찬은 일련의 과정을 홀로 처리해 버린 뒤에 PD와 손을 잡았기에 중간에 끼어들어야 하는 배급사와 기업 투자자가 없는 상황이었다.

　이런 방식의 단점이라면 배급사를 찾는 것인데, 만약 강찬이 선댄스에서 심사위원 대상, 즉 최우수상을 받아 온다면 아무런 문제가 되지 않는다.

　그리고 무엇보다 단점을 무시할 만큼 큰 장점이 있었다.

　돈을 나눠 먹을 사람이 없기에 독식이 가능하다는 것이었다.

　보통 제작비 100억이 들어갔다면 손익 분기점을 200~250만 명으로 본다.

　이번 영화 '악당'의 제작비는 1억이 조금 되지 않는다.

　즉, 강찬은 2~2.5만 명만 보더라도 본전을 뽑는 셈.

　하지만 그 정도로 만족할 생각은 없었다. 그의 모든 것을 쏟아부은 만큼 그 누구보다 화려하게 주목을 받으며 데뷔를 할 생각이었다.

　그러기 위해 필요한 것이 배급사다.

　강찬의 영화를 최대한 많은 수의 스크린에 걸어주고 광고를 해주며 거대한 포스터를 도시 구석구석에 붙여줄 수 있는 배급사가 필요했다.

　만약 그렇게 될 수만 있다면.

　'적어도 50~100만은 가능하지 않을까.'

　핑크빛 미래를 상상하던 강찬이 헛웃음을 흘렸다.

데뷔작, 거기에 독립 영화의 탈을 쓴 작품이다. 아무리 상업을 표방한다지만, 독립 영화라는 그 틀 자체가 상업 영화와 다를 수밖에 없었다.

그렇기에 강찬이 대상을 받아 온다고 한들 배급사에서 많은 스크린을 내어주진 않을 것이었다. 시장성을 극대화하긴 했지만, 어쨌거나 독립 영화제인 선댄스 영화제의 대상을 노리고 만든 작품이었으니까.

어쨌거나 세간의 집중을 받을 것은 당연할 터. 행복한 망상에 빠져 있던 강찬은 이내 고개를 휘휘 저었다.

저 망상이 실현되기 위해서는 지금 찍고 있는 영화 '악당'을 그 누가 보아도 재미있다 생각할 정도로 잘 만들어야 하며, 선댄스에서 심사위원 대상도 받아야만 했다.

강찬은 다짐을 되새기듯 고개를 끄덕인 뒤 가방에서 시나리오를 꺼내 다시 살피기 시작했다.

야간 촬영이 시작되기 한 시간 전, 강찬이 촬영장에 도착했다.

"안녕하세요."

"오늘도 파이팅입니다."

스태프들과 인사를 나눈 강찬이 촬영 준비를 하는 스태프들이 분주히 움직이는 모습을 보고 있을 때, 출근한 안민영이 그에게 다가오며 말했다.

"인터뷰 잘됐나 봐? 표정 좋아 보이네."

"그것도 있고, 카메오 하나 구하고 방송도 탔거든요."

생각도 못 한 말이었는지 안민영이 호기심 가득한 얼굴로 물어왔다.

"카메오는 누구고, 방송은 뭐야?"

그녀의 물음에 강찬이 차근차근 설명해 주자 안민영이 와, 하는 소리와 함께 강찬을 바라보았다.

"세상에, PD들이 기를 쓰고 따내려는 걸 혼자 가서 해치우고 왔다고?"

"운이 좋았죠."

"운이 다가올 때 잡는 것도 실력이야. 안 그래도 영화 홍보 때문에 잡지 인터뷰랑 방송 인터뷰 알아보고 있었는데. 혼자 다 해치우고 와버렸네."

안민영이 혀를 내두를 때 강찬이 되물었다.

"홍보요?"

어지간한 대작이 아닌 이상에야 영화의 홍보는 4주 전부터 시작하는 게 업계 통설이다. 한데 강찬의 영화는 완성은커녕 초반 촬영도 끝내지 못한 상황.

"전에도 말했잖아. 요즘 강 감독 핫이슈라고."

"······예?"

안민영은 답답하다는 듯 강찬의 앞에 놓인 노트북을 켰다. 그러곤 포털에 들어가 '강찬'이라는 두 글자를 타이핑한 후 검색했고, 그 화면을 강찬에게 보여주었다.

"······어?"

[미래대 수석 '강찬' 영화가 제일 쉬웠어요?]

[스무 살 대학생, 광고계를 흔들다.]

[VOV의 리더, 여진주의 스크린 데뷔작 '우리들'은 어떤 작품인가?]

['우리들'의 감독 강찬은 누구인가?]

그의 이름을 검색했을 뿐인데 꽤나 많은 수의 기사가 떠 있었다. 강찬은 자신의 눈을 의심하다가 안민영을 바라보며 말했다.

"이게 뭐예요?"

"뭐긴, 진짜 몰랐어?"

게다가 포털에는 강찬의 프로필까지 만들어져 있었다. 프로필 사진은 강찬이 만들고 출연까지 했던 광고의 한 장면에서 따온 사진이었으며 그 밑에는 약력까지 나와 있었다.

그 밑에는 강찬이 만든 올 타임 매니지먼트 홈페이지 주소까지 쓰여 있는 상황.

"진짜 몰랐어요."

안민영은 짧게 혀를 차더니 올라온 지 6분 된 기사를 눌렀다.

**[배우 이가은, 만 원의 행복 촬영장에서 폭소 만발. 그녀와 함께 선 인물의 정체는?]**

강찬에 대한 짤막한 소개와 이번 주에 방송될 이가은 편의 기대감을 높여주는 기사였다.

"이게 벌써 나와요?"

"연예부 기자들이 정치부 기자들보다 빠르잖아."

지상파 방송의 영향력을 알고 있긴 했지만, 이 정도일 거라 곤 생각하지 못했다. 마우스를 내려놓은 안민영이 한 걸음 뒤로 물러서자 강찬은 기사와 블로그들을 찾아보기 시작했다.

그렇게 10분쯤 자신의 기사를 보고 있던 강찬의 입가에 미소가 번졌다.

강찬이 돌아온 시기는 2005년.

핸드폰 하나로 모든 것을 볼 수 있고 또 할 수 있던 시기와는 많이 동떨어진 시대였다. 그렇기에 인터넷이 가진 파급력을 잊고 있었다.

'인터넷 또한 방송과 같다.'

조용히 묻혔던 아이돌의 무대 영상이 이슈가 되고, 그 영상 하나로 음원 차트를 역주행해 결국 1위를 찍게 만드는 게 인터넷의 힘이다.

아무리 2006년으로 돌아왔다지만 인터넷이 갖는 파급력이 어디 가는 것이 아니었다.

'인터넷도 더 신경 써야겠어.'

홈페이지만 만들어두고 놀리는 것보다 무언가를 하는 게 낫다. 이를테면.

'비하인드 컷을 찍어볼까?'

나쁘지 않다. 영화에 대한 기대감을 올릴 수 있을 뿐만 아니라 강찬이라는 이름의 값을 올릴 수 있을 것이었다.

잠깐 생각을 해보니 나쁘지 않은 정도가 아니었다. 외려 지금 둘 수 있는 수 중 가장 좋은 수.

강찬은 바로 안민영에게 말했다.

"그 홍보 있잖아요."

"응."

"비하인드 컷은 어때요?"

영화가 제작 단계인 지금, 홍보는 배우나 감독의 이름값에 기댈 수밖에 없다. 하지만 강찬이 가진 인지도나 출연하는 배우의 인지도를 팔기에는 많이 모자란 상황.

"자세히."

강찬의 말에 안민영이 흥미롭다는 듯 눈을 빛냈다.

"어중간하게 인터뷰나 잡지에 홍보할 바에 차라리 새로운 것을 시도하는 편이 낫지 않을까 해서요. 일주일에 하나 정도? 촬영장에서 있는 재미있는 일이나 배우들 인터뷰. 이런 거 따서 영화에 대한 기대감 높이는 식으로요."

"흐음."

안민영은 천천히 고개를 끄덕이더니 말을 이었다.

"아이디어 좋은데?"

"오늘 만 원의 행복 찍은 게 다음 주에 방영된다고 했거든요. 그 전에 몇 개 찍어서 제 홈페이지에 올려두면 자연스럽게 홍보될 거 같은데."

그녀도 괜찮다고 생각하는지 연신 고개를 끄덕이다 말했다.

"근데 그거 강 감독이 직접 하기에는 무리가 있지 않을까? 영일에서 지원받을 건덕지도 없고."

그녀의 말에 강찬이 씩 미소를 지으며 답했다.

"UCC로 하면 되죠. 현직 영화감독이 만드는 UCC인데 비하인드 컷 형식인 그런 느낌으로?"

"……오!"

만약 강찬이 이슈가 되고 그와 동시에 그가 만든 비하인드 컷이 인기몰이를 한다면?

자연스럽게 UCC 사업을 밀고 있는 영일 미디어아츠까지 홍보가 되는 일석이조의 아이디어였다. 안민영 또한 그렇게 생각했는지 수첩을 꺼내 그의 말을 받아 적더니 말했다.

"오늘 촬영장에 나 없어도 되지? 본사 좀 갔다 올게. 강 감독이 생각하는 비하인드 컷 촬영 방식 있으면 메일로 쏴줘."

"넵."

안민영은 대답도 듣지 않은 채 빠른 걸음으로 촬영장을 빠져나갔다.

그녀가 떠난 후, 강찬은 촬영이 시작될 때까지 자신에 관한 기사를 찾아보다가 못내 아쉬운 눈으로 촬영을 시작했다.

'악당'에서 최종 보스 역을 맡은 유상현. 그의 촬영이 시작되었다.

주인공인 '오지훈'을 잡지 못해 화가 난 그가 애꿎은 부하들을 때리며 분을 푸는 장면. 한창 촬영을 하던 강찬이 컷을 외치며 말했다.

"유상현 배우님, 좀 더 확실하게 짜증 섞인 표정 가능할까요?"

확실하게 짜증 섞인 표정… 하고 강찬의 요구를 되뇌던 그가 강찬에게 물었다.

"감이 잘 안 오는데 정확히 어떤 느낌이죠?"

"컵라면 뚜껑 열다가 뚜껑을 찢어 본 적 있으신가요?"

"아…… 있죠."

"일이 잘 안 풀리는 것 같은 그런 짜증이요."

유상현은 바로 이해했다는 듯 고개를 끄덕인 뒤 연기에 몰입했고 강찬은 만족스러운 표정을 지으며 오케이 사인을 보냈다.

자신이 원하는 대로 장면을 뽑아주는 배우. 그런 배우들이 하나가 아니라 출연진 전부인 자신의 현장이 너무나 좋았다.

강찬은 얼굴 가득 미소를 지은 채 말했다.

"자, 수고하셨고 감사합니다! 다음 촬영은 30분 후입니다!"

다음 신은 유상현과 강찬이 피를 흘리고 싸우는 장면. 강찬이 분장을 하기 위해 분장팀으로 향했을 때, 그의 핸드폰이 울렸다.

번호를 확인하니 송인섭이었다.

"어, 형."

-일단 6월 초에서 중순 사이에 촬영 들어가기로 했다. 만 원의 행복 자체가 내 스케줄 따라다니면서 감시하는 플롯이잖아. 그러니까 네 촬영장에 카메오로 가는 건 아무런 문제 없고.

"오. 잘됐네. 그럼 카메오는 확정인 거지?"

-그렇지. 그럼 이제 너랑 내 스케줄만 맞추면 되는데, 언제

가 괜찮아?

"6월 10일 이후로. 형은 언제 되는데?"

-봉 감독님하고 이야기해 보고 문자 줄게.

"오케이. 고마워."

-오냐.

간단한 대화를 마친 강찬은 전화를 끊고서 콧노래를 부르기 시작했다.

촬영 시작 때 한성희를 걸러낸 것이 액땜이 된 것이었을까, 그 이후로 하는 모든 일이 잘되어가고 있었다.

그렇게 콧노래를 부르며 걷던 강찬이 문득 든 생각에 걸음을 멈추었다.

'……이런 생각 하면 꼭 무슨 일이 터지던데.'

고개를 휘휘 저어 불안감을 털어낸 강찬은 아니다, 그런 일 없다고 주문처럼 외며 걸음을 재촉했다.

비하인드 컷.

정확한 뜻은 미공개 컷이다. 촬영하긴 했으나 영화나 영상으로 내보낼 수 없는 컷. 하지만 강찬은 다른 의미로 사용했다.

"이를테면 백 스테이지 컷 같은 거지. 촬영장의 분위기나 배우들의 사담, 그리고 스태프들의 모습 같은 걸 찍는 거야."

"그게 재미있을까?"

"재미보다는 홍보 목적의 영상이니까. 재미가 있으면 더 좋겠지만, 일단 '어떤 사람들이 있고 이런 사람들이 영화를 만든다.' 하는 걸 보여주는 걸 중점으로 두려고."

강찬의 말에 서대호가 알 듯 모를 듯한 표정으로 고개를 끄덕였다.

"촬영은 네가 직접 하고?"

"촬영은 설치 카메라로, 오늘부터는 항상 켜놓는 카메라 몇 대 두려고."

배우의 대기실과 스태프들의 휴게실, 그리고 촬영 현장에 설치용 카메라를 두고 계속 돌릴 생각이었다. 그러다 보면 방송에 내보낼 장면이 몇 개쯤은 찍힐 터.

"그거까지 할 여유가 있을까?"

"영일에서 지원을 받는 조건이 내가 직접 만드는 UCC여야 한다는 거니까 어쩔 수 없지. 그리고 영상 녹화된 거 이어 붙이는 정도니까 손도 많이 안 가고."

"그런 것도 UCC로 쳐주는구나. UCC라는 게 생각보다 범위가 넓네."

사실 UCC라는 개념 자체가 개인이 제작한 콘텐츠를 총망라하는 것이기에 귀에 걸면 귀걸이고 코에 걸면 코걸이가 된다.

"그럼 촬영장 옮길 때마다 새로 설치해야 하는 건가?"

"그렇긴 한데, 그건 내가 직접 할 테니까 신경 안 써도 돼."

영일 미디어아츠는 강찬에게 장비를 대여해 주는 대신 그가 만드는 비하인드 컷의 제작 지원을 영일에서 했다는 것을 알려주길 바랐다.

이에 강찬은 영상 귀퉁이에 영일의 로고를 넣고, 영상이 끝나고 크레딧이 올라갈 때 제작 지원 영일 미디어아츠라는 글귀를 넣어주겠다 말했고, 그렇게 계약이 성사되었다.

"스태프랑 배우들한테 너무 의식하지 말라고 하고. 아, 그리고 6월 13일에 송인섭 배우 카메오로 출연하거든. 그것도 한 번에 공지 부탁해."

서대호는 강찬의 말을 받아 적은 뒤 고개를 끄덕였다.

"오케이."

강찬의 인터뷰를 담은 잡지가 발행된 그다음 날, '만 원의 행복 - 이가은 편'이 방송되었다.

"실시간 검색어 1위네."

함께 방송을 보던 서대호의 말에 포털 사이트를 보자 그의 말대로 실시간 검색어 1위에 오른 자신의 이름이 보였다.

강찬은 입가에 번지는 미소를 감추지 못한 채 자신의 이름을 눌러보았다. 방송이 시작될 때부터 방송이 끝난 지금까지 10개가 넘는 기사가 올라와 있었다.

대부분이 강찬이 어떤 사람인지, 그리고 그가 찍고 있는 영화에 대한 것이었으며 그의 홈페이지를 소개하는 기사도 몇 개 있었다.

"역시 방송이네."

"방문자 수 쭉쭉 늘어난다."

방송 전 비하인드 컷을 제작해 홈페이지에 올려둔 상태. 강찬이 누구인지 궁금해 검색해 보았다가 그의 홈페이지까지 들어온 이들이 홈페이지를 둘러보며 여러 가지 영상을 보고 있었다.

"야…… 대박. 찬아, 홈페이지 터졌다."

서대호의 말을 듣고 F5를 눌러보자 그의 말대로 에러가 뜨며 홈페이지가 나오지 않았다. 한순간 너무 많은 접속자가 몰리자 서버가 터져 버린 것.

"진짜네."

강찬은 씩 미소를 짓다가 이내 아쉬운 듯 짧게 혀를 찼다. 서버가 터졌다는 것은 그만큼 많은 관심을 받았다는 뜻이다.

하지만 그로 인해 홈페이지에 들어와 강찬의 영상을 보고 그에게 관심을 가져야 했을 사람들의 관심이 사라져 버린 것이나 다름없는 상황.

"서버 좀 비싼 거 써야겠다."

"그래. 두 번째 방송 나가기 전에 증축해야겠어."

어차피 언젠가는 해야 할 일. 서버를 증축하기 위해 그가 핸드폰을 꺼냈을 때, 핸드폰이 울렸다. 모르는 번호였다. '누구지?' 하는 생각과 함께 전화를 받았을 때.

-야, 찬아. 축하한다!

분명 어디서 들어본 적 있는 남자의 목소리였다. 하지만 잘 기억이 나지 않는 목소리.

"아, 네 감사합니다."

-너 설마 내 번호 없냐?

그의 물음에 강찬이 하하하…… 하고 어색한 웃음을 흘렸다.

-하긴 그 이후로 학교도 안 나왔으니, 학생회장 한철희다.

"아, 철희 선배. 잘 지내셨어요."

-그럼. 방송 봤다. 장난 아니던데? 인터뷰도 했다며? 학교가 난리야. 교수님들이 막⋯⋯.

한철희는 축하의 말과 함께 언제 한 번 술이나 한잔하자는 말을 전한 뒤 전화를 끊었다.

그 이후에 얼굴도 기억나지 않는 친구들과 이름만 기억나는 지인들에게 계속해서 전화가 왔다.

전화뿐만 아니라 문자 또한 쉴 새 없이 왔고, 결국 버티지 못한 핸드폰의 배터리가 나가 버렸다.

"이야⋯⋯."

그 모습을 옆에서 보고 있던 서대호가 혀를 내둘렀다.

"방송이 대단하긴 해."

"그러게."

이번 방송에서 강찬이 방송에 노출된 시간은 10분여. 그것만으로도 실시간 검색어 1위를 차지했으며 기사들이 쏟아져 나오고 있었다.

이런 와중에 송인섭과 함께하는 방송까지 나가게 된다면? 상상하는 것만으로 등골이 오싹해져 왔다.

2006년 6월 13일.

4년 전, 2002년 대한민국의 월드컵 대표팀이 4강에 오르는 기적을 이룬 뒤 국민들의 기대감이 하늘을 찌르고 있을 때, 다시 한번 월드컵이 찾아왔다.

그리고 송인섭의 카메오 촬영 날짜가 되었다.

만 원의 행복팀과 함께 강찬의 촬영장에 도착한 송인섭은 곧바로 강찬에게 걸어와 악수했다.

"왔어?"

"응, 왔다. 방송 이후로 실검에 오르시고, 아주 핫하시던데?"

"다 형 덕이지."

그의 겸손에 익숙하지 않다는 듯 어색한 표정을 지었던 송인섭은 옆에서 돌고 있는 만 원의 행복 카메라를 발견하고선 헛웃음을 흘렸다.

"아주 방송인 다 됐네."

강찬이 대답 대신 방송용 미소로 화답하자 송인섭은 고개를 휘휘 저었다.

"어휴…… 인사하고 올게."

말을 마친 송인섭은 곧바로 촬영장을 돌아다니며 스태프들과 인사를 나누었다.

다년 차 배우인 만큼 아는 사람들이 있는지 안민영을 비롯한 다른 스태프들과도 친근하게 인사를 한 그는 십 분이 지나기도 전에 촬영장에 동화되어 있었다.

그 모습을 본 강찬이 헛웃음을 흘릴 때, 세트의 설치를 돕고 온 서대호가 땀을 닦으며 강찬의 옆에 섰다.

"크…… 잘생겼다는 건 좋은 거야."

"최고지."

조각 같은 외모의 이름 있는 배우가 성격까지 좋다니 싫어할 사람이 어디 있겠는가. 송인섭을 처음 보는 스태프들 또한 그를 반기는 눈치였다.

그 모습을 본 서대호는 송인섭에게 시선을 고정한 채 말했다.

"최 배우님이나 현우, 진주도 카메오로 출연할 수 있으면 좋을 텐데."

"다들 바쁘니까 어쩔 수 없지."

강찬의 기억대로 여진주의 그룹, VOV는 방송 3사 음악방송에서 3주 연속 1위를 휩쓰는 기염을 토했다.

시내를 걸을 때면 VOV의 타이틀곡인 'Take my hand'가 여기저기서 흘러나왔으며 뮤직비디오가 재생되고 있었다.

"그러고 보니까 현우는 뭐 한대?"

"영화 마무리 짓고 드라마 들어갈 준비 하고 있다던데."

"크으…… '우리들' 찍은 사람들 다 엄청 잘되고 있네."

서대호의 말에 강찬은 헛웃음을 흘렸다.

'원래 잘될 사람들을 모아놓고 찍었으니 그럴 수밖에.'

그사이 인사를 마치고 온 송인섭이 오랜만에 만난 친구를 대하듯 환한 얼굴로 서대호에게 악수를 건넸다.

"이야기 많이 들었어요. 송인섭입니다."

"그때 봉 감독님 촬영장에서 뵈었었죠? 서대호입니다."

두 사람이 간단히 인사를 나누었다. 곧 서대호의 손을 놓은 송인섭이 강찬의 어깨를 툭 치며 말했다.

"대본 보니까 아주 뽑아 먹으려고 작정했더라?"

"그럼, 우리 송 배우님이 카메오로 출연해 주신다고 하는데, 최대한 이용해야지."

"신이 거의 8개가 넘던데 이 정도면 카메오가 아니라 조연 아니냐?"

촬영 일주일 전, 강찬은 송인섭이 등장할 장면을 만들기 위해 시나리오를 수정했다. 처음에는 짧게 치고 빠지는 역할로 생각했으나 쓰다 보니 욕심이 들었다.

'좀만 더 써볼까.'

그렇게 욕심을 부리다 보니 원래 두 신으로 끝나야 할 송인섭의 장면이 8개가 되었다.

"괜찮아, 다 액션이라 하루면 끝나."

"진짜 말이라도 못하면……."

그의 말에 동감하는 듯 서대호가 격하게 고개를 끄덕였다. 그러자 송인섭이 서대호의 손을 쥐며 말했다.

"이런 놈하고 영화 제작하시느라 고생이 많으십니다."

"송 배우님 한 분이라도 알아주시니 너무 감사하네요."

두 사람이 합을 맞추며 짝짜꿍하는 것을 본 강찬은 송인섭을 멀리 밀어내며 말했다.

"얼른 가서 분장이나 하고 와, 오늘 새벽 2시 전에 야간 촬영 끝내야 해."

"왜?"

"왜는 무슨 왜야. 오늘 축구하잖아."

"아! 월드컵! 오늘 새벽 2시였어?"

강찬이 고개를 끄덕였다.

2006년 6월 13일.

오늘은 월드컵 조별 예선 대한민국과 토고의 경기가 있는 날이다.

'첫 경기는 이겼지.'

2:1로 대한민국이 승리하는 날이다. 다음 프랑스와의 경기에서는 1:1, 그리고 스위스와의 경기에서 2:0으로 패배하며 1승 1무 1패로 승점 4점을 얻게 된다.

보통 조별리그에서 승점 4점이면 조 2위 정도로 진출할 수 있지만 스위스가 2승 1무로 7점, 그리고 프랑스가 1승 2무로 승점 5점을 챙겨가며 아쉽게도 탈락의 고배를 마시게 된다.

송인섭은 어? 하는 의문사와 함께 말했다.

"그럼 2시 전에 야간 촬영 끝내고 술 한잔하는 거야?"

"그렇지. 근데 그 전에 못 끝내면 못 보는 거고."

"갑자기 의욕이 마구 솟는데?"

송인섭은 팔을 붕붕 휘두르며 의욕을 다졌고 그 모습을 본 강찬이 말했다.

"그럼 슬슬 시작합시다."

"그래. 분장하고 올게."

송인섭은 전담 스타일리스트가 있었기에 자신의 팀이 기다리고 있는 자리로 걸어갔다. 강찬 또한 촬영 준비를 위해 자리를 옮겼다.

오늘 송인섭과 강찬, 그리고 이여름이 촬영할 세트는 폐공장이었다.

촬영 내용은 이여름을 데리고 도망치던 강찬이 이여름을 숨겨둔 뒤, 자신을 쫓는 송인섭 패거리와 결판을 짓는 장면이었다.

곧 모든 스태프의 스탠바이가 끝났고 배우들 또한 분장을 마친 뒤 세트 안으로 들어왔다.

그제야 처음 만난 송인섭과 이여름이 인사를 나누었다.

"안녕하세요, 송인섭입니다."

"아…… 안녕하세요. 이여름이에요. 팬이에요!"

이여름은 진짜 송인섭의 팬인지 말까지 더듬어가며 악수를 받았고 송인섭은 잘생김이 넘치는 미소로 화답해 주었다.

"고마워요."

두 사람이 이야기를 나누고 있을 때, 강찬은 스토리보드와 대사, 그리고 카메라의 위치 등을 조절하며 연출을 보고 있었다.

간단하고 클리셰적인 장면이었기에 삐끗하는 순간 지루한 액션이 펼쳐진다. 그렇기에 세 사람의 연기가 어느 때보다 중요한 장면이었다.

"리허설부터 갑시다."

완벽하게 준비가 끝났다 생각한 강찬이 시작 사인을 보냈고 곧 리허설이 시작되었다. 스토리 진행상 중요한 장면은 아니었지만, 감독 강찬의 연출력과 배우 강찬의 연기력을 보여줄 수 있는 장면이었다.

그것을 아는 강찬은 리허설 또한 액션의 합을 맞춰보며 실제 촬영과 최대한 비슷하게 진행했다.

"오케이 컷!"

직접 연기를 펼치고 화면을 확인하고, 또 수정을 해가며 만족스러운 구도를 만들어낸 강찬이 리허설을 끝냈다.

"자, 그럼 10분만 쉬고 본 촬영 들어가겠습니다!"

리허설을 하느라 흐트러진 옷매무새를 정리하는 사이, 다가온 송인섭이 말했다.

"찬이 진짜 많이 늘었네. 장난 아닌데?"

"오늘 컨디션이 좋아서 그런가. 더 잘되는 느낌이야."

"연출도 좋더라. 이거 원래 있던 장면이야?"

"아니, 형 때문에 추가한 장면인데 형 띄워주려고 욕심 좀 내다가 보니까 꽤 괜찮은 장면이 나왔어."

송인섭은 자신에 대한 칭찬인지 아니면 강찬의 자화자찬인지 모를 말에 미간을 찌푸렸다가 고개를 끄덕였다.

"어쨌거나 장면은 잘 나올 거 같네. 이여름 배우는 어디서 캐스팅한 거야? 저 또래에 저렇게 연기하는 아역 배우 처음 봤다."

이여름은 연기 능력이 발아한 이후 가파른 성장세를 보이고 있었다.

마치 강찬의 속을 읽기라도 한 듯 강찬이 원하는 감정을 그대로 뽑아주었으며 그녀가 모르는 감정 또한 몇 마디의 설명만 듣고서 연기해 내곤 했다.

"운이 좋았지."

송인섭의 옆에는 항상 카메라가 따라다니고 있었기에 강찬 또한 방송용 미소를 띠고 있는 상황이었다.

그 모습에 송인섭이 입 모양으로 '가식은……' 하고 강찬의 어깨를 두들기는 사이, 이여름이 다가와 다음 장면에 대해 질문을 했고 그것에 대해 이야기를 나누는 동안 10분이 흘렀다.

그리고 본 촬영 시간이 되었다.

"잘 해보자."

"오케이."

첫 장면은 강찬과 엑스트라들의 액션 신, 강찬이 먼저 앵글 안으로 들어서자 강찬 대신 메가폰을 잡은 서대호가 외쳤다.

"자, 그럼, 올 체크!"

"카메라 롤!"

"오디오 온!"

"라이트 레디!"

"올 오케이, 레디! 액션!"

스태프들 또한 기합이 잔뜩 들어간 건지 제대로 합을 맞춘 레디 사인을 보냈고 강찬의 연기가 시작되었다.

세트로 만들어진 폐공장 안.

강찬이 연기하는 '오지훈'이 폐공장 안의 기계들 사이의 좁은 길목으로 걸음을 옮겼다. 그러자 크레인에 달린 카메라가 슥 다가오며 오지훈의 얼굴을 클로즈업했다.

그와 동시에 여러 명의 발걸음 소리가 들려왔고 긴장한 표정의 오지훈이 주변을 둘러보며 녹이 슨 기계에 몸을 붙이려 뒤로 물러섰다.

그때 오지훈의 발에 쇠붙이 하나가 밟히곤 팅, 하는 소리와 함께 튕겨 나갔다.

"저기다!"

"찾아봐!"

간단히 지나갈 수 없다고 생각한 오지훈은 방금 발로 찼던 쇠파이프를 손에 쥐었다. 그러곤 벽에 몸을 붙인 채 기다리다 엑스트라들이 그의 앞을 지나칠 때.

퍽!

오지훈이 휘두른 쇠붙이에 얻어맞은 엑스트라가 비명조차 지르지 못하고 쓰러졌다.

"여기다!"

"잡아!"

오지훈에게 얻어맞은 엑스트라가 바닥을 구를 때, 그를 찍던 크레인 카메라가 하늘로 올라가며 전투 장면 전체를 담기 시작했다.

"씨발!"

"죽여!"

하지만 오지훈은 싸워주지 않고 기계 사이로 도망쳤다. 성인 한 명이 간신히 통과할 만한 기계 사이, 어느 정도 거리를 벌렸다 생각한 오지훈이 갑자기 돌아서며 자신의 뒤를 쫓고 있던 엑스트라를 발로 찼다.

"억!"

안 그래도 좁은 길목이라 한 명이 쓰러지자 길이 막혔다.

그걸 본 오지훈이 들고 있던 쇠붙이를 집어 던져 자신을 쫓는 이의 머리를 맞춘 뒤 다시 한번 도망치려는 순간, 오지훈의 앞으로 송인섭과 다수의 엑스트라가 나타나며 그를 포위했다.

"이런 썅……"

오지훈이 욕지거리를 뱉을 때, 오지훈을 잡았다 생각한 송인섭이 여유로운 표정으로 말했다.

"그년 어디 있어."

"어디 있겠지."

"이 새끼가…… 뒈지고 싶어?"

"말해도 뒈지고, 말 안 해도 뒈질 거면 개새끼들 복장이라도 터뜨리고 뒈져야 하지 않겠냐."

승산이 없어 보이는 상황에도 오지훈은 웃었다. 그의 미소를 본 송인섭 또한 씩 미소를 짓더니 말했다.

"죽여."

송인섭의 말과 함께 전투가 시작되려는 순간.

"오케이 컷!"

신이 끝났다. 장면이 끝나자 다시 분장팀이 달려와 분장을 하고 조명과 카메라가 강찬이 미리 정해둔 위치로 옮겨졌다.

그렇게 다시 준비가 되었을 때, 강찬이 앵글 속으로 들어가며 말했다.

"자, NG 나면 다시 찍으면 되고, 월드컵 전반전 조금 덜 보면 되니까 부담 갖지 마시고, 최선을 다해 좋은 장면 한번 뽑아봅시다!"

강찬의 말에 헛웃음을 흘린 이들은 각자의 방법으로 감정을 잡기 시작했다.

송인섭은 얼굴 앞에서 손을 왔다 갔다 하는 특이한 방법으로 감정을 잡더니 이내 강찬을 잡아먹을 듯한 눈빛을 뿜어대기 시작했다.

"84에 17에 1. 액션!"

큐 사인이 떨어지고 다섯 사람이 눈치를 보기 시작했다.

"뭐 해, 새끼들아!"

지지부진한 대치 상황에 답답해진 송인섭이 참지 못하고 소리를 질렀고, 그와 동시에 세 명의 엑스트라가 강찬을 향해 달려들었다.

엑스트라의 왼쪽 주먹이 머리를 노린 순간, 오지훈은 몸을 낮추며 어깨로 그를 받아버린 뒤 밀려나는 그의 턱에 주먹을 꽂아 넣었다.

액션 연기가 시작되자 강찬의 발아 능력 '액션'과 '연기'가 동시에 빛을 발하며 시너지 효과를 내기 시작했다.

'……세상에.'

추풍낙엽처럼 쓰러져 나가는 자신의 부하들을 보며 놀란 표정을 연기하고 있던 송인섭은 연기가 아닌 실제로 놀라고 있었다.

액션 영화만 몇 편을 찍어온 송인섭이 놀랄 정도로 강찬의 액션은 훌륭했다.

정확히 말하자면 이전의 것과 달랐다.

지금까지의 액션이 보여주기식으로 과장된 액션이었다면 강찬이 보여주는 액션은 실전 그 자체였다.

마치 실전 무술을 제대로 배운 이가 연기를 하는 듯 동작 하나하나가 절도 넘쳤으며, 동작에 담긴 기세가 실제로 싸움을 벌이는 듯했다.

강찬의 연기를 보고 놀란 것은 송인섭뿐만이 아니었다. 송인섭을 찍기 위해 촬영장을 찾았던 카메라 감독들 또한 어느새 강찬을 찍고 있었다.

오지훈은 자신에게 휘둘러지는 쇠파이프를 피할 수 없자 팔꿈치를 이용해 막아냈다.

깡! 하는 소리와 함께 오지훈의 미간이 찌푸려졌다. 하지만 다음 동작을 지체하진 않았다.

오지훈은 쇠파이프를 튕겨냄과 동시에 엑스트라의 손을 발로 차 쇠파이프를 떨어뜨린 뒤 그것을 집어 들었다.

그 직후, 2차전이 펼쳐졌다.

주먹으로의 액션이 끝나고 두 번째, 무기로의 액션이 펼쳐지기 시작한 것이다.

자신도 모르게 강찬의 연기에 빠져 있던 또 하나의 사람, 만 원의 행복의 PD인 김호철의 입이 벌어졌다.

'이건 대박이다.'

이제는 프로그램의 문제가 아니다. 지금까지 봐온 영화에 이런 액션은 없었다. 강찬이 액션 영화를 찍는다 했을 때 별다른, 아니, 아예 기대하지 않았었다.

그리고 궁금하기도 했다.

만 원의 행복 출연을 거부하면서까지 찍는 영화가 어떤 영화일지 하는.

하지만 그 생각은 촬영장을 보며 사라졌다.

50명도 되지 않는 스태프와 세 명밖에 없는 배우, 10명도 되지 않는 엑스트라. 물론 스무 살이라는 나이에 이런 규모의 영화감독이라는 것도 대단한 것이긴 하지만.

'좀 더 극적이면 좋았을 텐데.'

그런 생각이 드는 것까진 어쩔 수 없었다.

이가은 편에서 보여준 강찬의 캐릭터가 있었기에 이번 화에 완전히 터뜨려야 했다.

그렇게 되면 이번 편의 시청률이 폭발적으로 올라갈 것이었다. 조금은 아쉽긴 했지만 송인섭의 촬영은 메인 코스가 아니니 상관없다.

'메인 코너는 생각해 뒀으니까…… 적당한 장면만 뽑자.'

그렇게 생각했는데…….

그게 아니었다.

'멋있다.'

말 그대로 강찬의 액션에는 멋이 있었다. 처음으로 영웅본색을 보았을 때 장국영에게 느꼈던 그 충격보다는 덜하긴 하지만, 그 이후로 느껴보지 못했던 '멋'이 강찬이라는 어린 사내에게 보이고 있었다.

만 원의 행복 PD 김호철이 놀라움을 감추지 못하고 있을 때, 안민영이 다가오며 말했다.

"영화 촬영장은 처음이신가 봐요?"

"예? 아뇨. 강 배우…… 아니, 강 감독이 생각보다 연기를 잘하네요."

안민영은 자신이 칭찬받기라도 한 듯 미소를 머금은 채 말했다.

"영일 미디어아츠 안민영 PD예요."

"아, 예. 예능국 소속 김호철 PD입니다."

김호철은 안민영과 대화를 하면서도 힐끔힐끔 강찬의 연기를 훔쳐보았다. 그 낌새를 눈치챈 안민영은 미소를 지으며 말했다.

"촬영 끝나고 따로 얘기 좀 하고 싶은데, 괜찮으실까요?"

"예. 그러죠."

김호철이 대답하자 안민영은 한 걸음 뒤로 물러서며 연기를 하고 있는 강찬에게로 시선을 돌렸다.

'멋있긴 하네.'

운동과는 거리가 멀어 보이는 마른 몸, 그리고 풀어진 와이셔츠 사이로 보이는 흰 피부는 싸움의 '싸'자도 모를 것 같았다.

그래서일까. 완벽한 액션을 보이는 모습과 대비되는 몸, 그 사이에서 오는 거리감에서 알 수 없는 묘한 매력이 느껴졌다.

'……내가 무슨 생각을.'

안민영은 고개를 휘휘 저은 뒤 강찬에게서 고개를 돌려 김호철을 바라보았다.

영화 촬영에서 자신이 할 일은 제작이다. 촬영은 강찬이 알아서 할 터, 나머지 영역만 신경 쓰면 되는 것이다.

촬영은 새벽 2시가 넘어서야 끝났다.

강찬의 열연에 자극을 받은 배우들이 더욱더 열성적으로 촬영에 임했고 그러다 보니 촬영이 길어진 것.

하지만 모두가 만족할 정도로 좋은 영상이 나왔기에 길어진 촬영에 싫은 기색을 보이는 이는 없었다.

촬영이 끝나고 세트 정리를 하는 사이, 강찬은 오늘의 촬영분을 확인하고 있었다. 그의 눈에도 오늘의 촬영 장면은 역대급이라고 할 정도로 좋은 장면이 많이 나왔다.

그중에서도 강찬이 연기한 '오지훈'은 단연 빛났다. 발아한 재능 중 두 가지가 합쳐지며 시너지를 내자 그가 생각했던 것 이상의 결과물이 나온 것이다.

"이 정도면 바로 티저 영상으로 써도 되겠는데?"

강찬과 함께 오늘의 촬영분을 확인하던 안민영 PD가 말했고 강찬은 고개를 끄덕였다.

"특히 이거, 주먹 싸움에서 무기 싸움으로 넘어갈 때 딱 카메라랑 아이컨택하는 장면 있잖아. 이거 좋은 거 같아."

"제 생각도 그래요. 포스터로 써도 될 거 같은데."

"오, 좋은 생각이다."

강찬의 얼굴이 특색이 있거나 빼어나게 잘생긴 것은 아니었다. 하지만 연기를 하는 그의 눈빛에는 말로는 설명할 수 없는 무언가가 담겨 있었고 덕분에 분위기가 살고 있었다.

"일단 더 촬영해 보고요. 더 좋은 장면이 나올 수도 있으니까."

"이것보다 더?"

"그럼요."

오늘 촬영한 것만 하더라도 충분히 명장면이라 할 만했고 그만한 퀄리티의 스틸 컷들이 나왔다.

그런데 이것보다 나은 장면을 뽑을 수 있다고 자신하는 모습이라니.

"기대되네."

강찬이 촬영분의 점검을 마칠 때쯤, 세트의 정리도 마무리 단계에 이르러 있었다.

촬영도 잘된 데다가 월드컵이 있는 3시 전에 촬영이 끝났기에 스태프들의 얼굴에는 미소가 만개해 있었다.

송인섭이 퇴근을 하지 않아, 정확히는 김호철 PD가 퇴근하지 않아 아직도 현장에 있던 만 원의 행복팀 또한 드디어 퇴근할 수 있다는 생각과 축구를 볼 기대감에 들뜬 상황.

"오늘도 수고하셨습니다!"

강찬이 촬영의 종료를 알리고 뒤이어 서대호가 외쳤다.

"이후에 치킨집에서 회식 겸 축구 관람이 있습니다. 참가하실 분들은 치킨집으로 이동해 주시고, 퇴근하실 분들은 퇴근하시면 됩니다!"

대한민국 사람 중에 공짜 치킨과 맥주, 거기에 함께 관람하는 월드컵을 싫어하는 사람이 과연 있을까.

스태프들의 환호 속, 오늘의 촬영은 성공적으로 끝을 맺었다.

만 원의 행복팀 또한 촬영이 끝났지만, 강찬 일행과 함께 치킨집으로 향했다. 사람들이 자리를 잡고 앉을 때, 안민영이 김호철 PD에게 걸어가 말했다.

"대화 괜찮으실까요?"

"그럼요."

두 사람은 서로의 잔을 들고 빈 테이블로 이동해 앉았고 안민영이 운을 띄웠다.

"PD님이 보시기에는 어떠신가요?"

"솔직히 말씀드리면 탐이 납니다만."

그녀의 말에 담긴 속뜻을 이해한 만 원의 행복의 메인 PD, 김호철의 시선이 강찬의 등으로 향했다.

"하지만 오늘 보니까 제가 꼬신다고 넘어올 사람은 아닌 것 같습니다. 방송에 대해 큰 욕심이 있는 것 같지도 않고."

만약 방송, 혹은 인기를 얻는 것에 관심이 있었다면 만 원의 행복 출연 제의를 거절했을 리가 없다. 보통의 스무 살이었다 해도 거절할 수 없는 제안이었고.

하지만 강찬은 찰나의 고민도 하지 않고 거절했다.

영화에 집중하고 싶다는 명백한 이유까지 있었기에 매달릴 수도 없었고.

김호철의 말에 안민영 또한 강찬에게로 시선을 돌리며 말했다.

"방송 출연에 욕심이 아예 없는 건 아녜요."

"그런 것 같아 보이긴 합니다."

만약 욕심이 없었다면 오늘 같은 판을 만들지도 않았을 것이었다. 그래서 더 탐이 나긴 했지만, 자신이 안 한다는데 어떻게 하겠는가.

김호철이 맥주를 한 모금 마시는 사이 안민영이 말했다.

"자신의 가치, 그리고 주변의 것들을 이용하는 방법을 아주 잘 아는 사람이에요."

이가은 편, 그리고 오늘의 촬영으로 확실히 알 수 있었다. 영화의 홍보를 위해 송인섭, 그리고 자신을 이용했다. 또 그 과정에 이득을 본 사람은 있지만, 손해를 본 사람은 없었다.

즉, 윈윈 게임이 되었고 이용당한 이들이 이용당했다는 기분이 들지 않게, 그리고 기분이 좋게 만들었다.

안민영의 말을 곱씹은 김호철은 천천히 고개를 끄덕인 뒤 그녀를 바라보며 물었다.

"계속 운을 띄우시는 걸 보니 뭔가 하고 싶은 말씀이 있으신 것 같습니다."

"다른 방식은 어떠세요?"

"어떤 방식 말입니까?"

"이를테면 다른 프로그램인 거죠. 영화 전문 리뷰 프로그램 같이 인터뷰 형식으로 진행하는 것들 있잖아요."

그런 쪽으로 소개를 해줄 순 있다. 예능국에서 10년 이상을 일한 김호철이었기에 신인 하나 꽂아주는 것은 일도 아니었고. 하지만.

"저한테 득이 되는 건 뭡니까?"

김호철 자신에게 오는 것이 없었다. 대형 신인을 발굴했다는 명예? 그런 것도 자신의 프로그램을 빛내줄 때 의미가 있는 것이지 다른 프로그램에 꽂아주는 게 무슨 의미가 있겠는가.

"제가 책임지고 강 감독 마음을 돌려놓을게요. 만 원의 행복 출연하는 쪽으로."

"간단히 정리하자면, 다른 프로그램들에 잠깐잠깐 얼굴 비추면서 몸값, 그리고 기대를 끝까지 올려놓은 다음에 만 원의 행복에서 터뜨리겠다…… 는 말씀이십니까?"

"역시 스타 PD님답네요. 정확해요."

완성만 된다면 아주 값진 그림이 될 것 같은 스케치였다.

"……거절할 수 없는 제안을 하시네. 그래도 생각할 시간은 좀 주시겠습니까?"

"당연하죠."

말을 마친 안민영은 미소를 지으며 김호철에게 손을 내밀었

고 두 PD가 악수를 마쳤다. 그러자 짧은 숨을 내쉰 김호철이
물었다.

"안 PD님은 영화 프로듀서시지 않습니까."

"그렇죠."

"영일에서는 PD님들이 감독 케어까지 해주는 겁니까?"

"아뇨. 스페셜 케이스죠."

바로 나온 대답에 김호철은 허, 하고 웃었다가 이내 고개를
끄덕였다. 강찬이라면 그럴 가치가 있다는 생각이 들었기 때
문.

"그러고 보니 영일 미디어아츠 광고도 강 감독 작품이라고
했었죠."

"예. 그 덕에 이사님이 아주 아끼시죠."

"이사님 말씀이십니까?"

그의 물음에 미소를 띤 안민영은 광고 경합 때 있었던 일을
이야기하기 시작했고 김호철은 그녀의 이야기에 빠져들었다.

비하인드 컷 촬영용 핸드 카메라를 한 손에 든 강찬이 송인
섭에게 물었다.

"오늘 제 영화 '악당'에 카메오로 출연하셨는데 어땠어요?"

"음…… 너무 광범위한 질문이네요. 일단 재미있었어요."

"예를 들면 어떤 재미요?"

"배우와 스태프, 그리고 감독까지. 분위기가 되게 좋았어요. 그러다 보니 합이 맞는다 해야 하나? 딜레이되는 거 하나 없고 NG가 나더라도 함께 보완해 나가는 그런…… 촬영하는 재미가 있었어요."

송인섭은 촬영할 때를 떠올리는지 손가락으로 테이블을 톡톡 두들기며 말했다. 그의 진지한 모습에 강찬이 말했다.

"너무 연기 톤 아닌가요?"

"물론 단점도 있죠. 강찬 감독이 너무 깐깐해요. 원하는 장면, 그리고 감정을 뽑으려고 배우들을 아주 혹사시킨다니까요? 게다가 무슨 조명의 위치를 ㎝ 단위로 조절하더라고요."

"이 부분은 편집되겠네요."

"아하하, 그럼 편집 안 되게 더 포장해야겠네."

송인섭은 맥주로 손을 뻗다가 김호철 PD 쪽을 쓱 바라보았다. 강찬은 그의 시선을 따라 카메라를 돌렸고 안민영과 이야기를 나누고 있는 김호철 PD를 화면에 담았다.

"만 원의 행복 촬영 중인데 이거 마시면 안 되는 거 아닌가요?"

"이미 PD님하고 얘기 끝났습니다. 오늘 카메오 출연료로 치킨하고 맥주는 마셔도 된다고 했어요."

"근데 왜 눈치를 보세요?"

"네가 해봐, 인마. 뭐만 먹으려면 나도 모르게 자꾸 눈치를 보게 된다니까."

송인섭은 투덜거리며 강찬을 흘겨보았다.

'하긴.'

그 모습에 강찬이 헛웃음을 흘리는 사이 송인섭은 맥주로 목을 축이고, 치킨 한 조각을 씹으며 행복한 미소를 지었다.

"아까 하던 이야기를 마저 하자면 강 감독은 까다로운 만큼 좋은 장면을 뽑더라고요. 왜 조명을 옮기는 거지, 하고 생각하면 그다음 장면에서 바로 효과를 보여준다고 할까요."

"시청자분들이 보시면 대본 있는 줄 아시겠어요."

강찬의 말에 송인섭은 자신의 가슴팍을 가리키며 입 모양으로 '대본 여기 있어요'라 말했다.

"자, 그럼 인터뷰는 여기까지 하겠습니다."

말을 마친 강찬이 녹화를 종료하자 송인섭이 씩 웃으며 말했다.

"이것도 조회 수 좀 나오겠다?"

"그렇겠지? 아무래도 송인섭 배우님이 나오시니."

송인섭은 낄낄거리고 웃더니 강찬의 어깨를 두들겼다.

"액션 엄청 늘었더라. 아니, 는 게 아니라 타고난 것처럼 보일 정도던데."

"내가 원래 좀 빨리 배워."

"말을 말아야지……. 그건 그렇고, 너 배우 한번 해볼 생각 없냐?"

"없지. 영화 찍기도 바쁜데."

배우로 활동하는 것도 재미는 있을 것 같았다. 하지만 강찬은 100억이라는 무거운 짐을 지고 있는 상황이었다.

"겁나 단호하네. 그러지 말고 한번 생각해 봐. 영화 선댄스 출품하고 나면 시간 빈다며."

선댄스의 제출 마감일은 10월 1일. 그리고 발표가 12월이고, 시상식이 1월 중순이니 적어도 세 달 정도의 시간은 남았다.

"한 세 달 정도."

"그 정도면 짧은 작품 하나는 할 수 있잖아. 그때 배우로 인지도 좀 올려두면 영화 흥행에도 도움 되지 않겠냐?"

"그건 그렇지."

대답한 강찬의 눈에 고민이 서렸다. 그 기간 동안 배우까지는 아니더라도 방송에 출연하며 인지도를 쌓을 생각은 있었다.

방송에 출연하는 것은 배우를 하면서도 할 수 있는 일.

"네가 한다면 우리 소속사 소개시켜 줄게. 우리 사장님 꽤 괜찮은 분이거든."

"긍정적으로 검토해 보겠습니다."

"그래. 오늘 너 액션 하는 거 보니까 다음에 한 번 더 해보고 싶더라고."

강찬은 고개를 끄덕인 뒤 맥주잔을 들었다. 두 사람이 건배를 한 순간.

"어, 시작한다."

대한민국과 토고의 경기가 시작되고 모든 사람의 시선이 TV로 향할 때, 강찬은 생각에 잠겼다.

'배우라.'

배우라는 이름이 갖는 매력도 있었지만, 그것보다 궁금한 게 있었다.

'인섭이 형 소속사 사장.'

송인섭이 이슈가 되었을 때, 그를 끝까지 감싸준 사람이 바로 현 소속사의 사장이었다.

그는 송인섭이 그럴 리 없다며 끝까지 감싸주었고, 결국 음주운전과 마약이 사실로 밝혀지며 주가에 타격을 입었지만 그런데도 송인섭을 내치지 않았던 사람이다.

'한번 만나보고 싶긴 해.'

강찬은 언젠가 엔터테인먼트사를 차릴 생각이었다. 하지만 처음부터 회사를 차릴 순 없는 데다가 그들을 관리하기 위한 사람도 필요했다.

'만약 그 사람을 내 사람으로 만든다면.'

강찬이 발굴한 사람들을 케어하고 키워주며 스케줄까지 관리해 줄 사람을 구할 수 있는 것이다.

물론 소속사 사장이라는 사람에 대해 확실한 믿음이 있어야 할 수 있는 일이겠지만, 돌아오기 전에 보여주었던 모습이라면 충분히 괜찮은 사람 같았다.

고개를 주억거리며 생각을 하던 강찬은 결정을 내린 뒤 말했다.

"형."

"어?"

"그 소속사 사장님이라는 분, 한번 만나볼 수 있을까?"

"벌써 결정한 거야? 당연히 되지. 언제 만날래?"

"쇠뿔도 단김에 빼라고, 난 어차피 계속 촬영장에 있으니까 형이 말씀 좀 드려줘."

"오케이. 그럼 나 오늘 촬영분 복사 좀 해줄 수 있나?"

아마 소속사 사장에게 보여주어 강찬에 대한 관심을 살 생각으로 보였다. 강찬은 흔쾌히 고개를 끄덕였고 두 사람은 다시 축구로 시선을 옮겼다.

그리고 그때, 김호철과 대화를 나누고 있던 안민영이 강찬이 앉아 있는 테이블로 다가오며 말했다.

"강 감독, 지금 시간 괜찮아?"

"예."

그러자 송인섭이 '자리 비켜드릴까요?' 하고 물었고 안민영은 고개를 저으며 답했다.

"아뇨. 같이 들어도 상관없는 이야기예요. 송 배우님 조언도 들으면 더 좋고."

그녀의 말에 강찬과 송인섭의 눈에 의문이 떠올랐다. 그것을 본 안민영이 이야기를 시작했다.

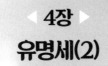

# 4장
# 유명세(2)

안민영 PD가 김호철 PD와 나눈 대화를 쭉 설명해 주었다. 말을 마친 안민영이 강찬을 바라보며 말했다.

"이 정도면 되겠지?"

"완벽하네요."

그녀의 말에 강찬이 미소를 지으며 악수를 건넸고, 안민영은 그의 손을 가볍게 흔들며 답했다.

"강 감독 시나리오가 좋아서 그렇지."

"시나리오요?"

두 사람의 대화를 듣고 있던 송인섭이 눈을 동그랗게 뜨며 말을 이었다.

"김호철 PD님하고 딜하는 거, 강 감독 아이디어였거든요."

"진짜?"

"응. 어쨌거나 좋은 기회인 건 맞으니까."

강찬의 말에 송인섭이 고개를 끄덕이다가 그를 바라보며 물었다.

"그러고 보니까 너, 만 원의 행복 안 나간다며?"

"그때는 그랬지."

"……응?"

"형 말대로 세 달 정도 쉬면서 인지도 쌓을 생각이었거든. 영화라는 게 얼마나 잘 만들었든 간에 일단 사람들이 보러 와야 입소문이 나잖아?"

"아무래도 그렇지."

티켓파워가 있는 배우들의 몸값이 천정부지로 뛰는 이유가 여기에 있다. 이름 있는 배우가 등장하는 것만으로도 그 배우를 보기 위해 극장을 찾는 이들의 수를 무시할 수 없기 때문이다.

"근데 내가 돈이 많은 것도 아니고, 제대로 된 투자자나 배급사를 구하기도 힘든 상황이잖아."

지금까지 강찬이 쌓아온 커리어는 스무 살이기에 빛을 발하는 것이지 큰 판에서 보면 아무것도 아니라 할 수 있을 정도다.

강찬의 말을 들은 송인섭은 지금까지 강찬이 한 말을 종합

해 보았고, 이내 고개를 끄덕이며 말했다.

"그러니 네가 직접 홍보를 하겠다?"

"그렇지."

그렇기에 편법을 사용하려는 것이었다.

배우나 스태프가 유명하지 않다면 감독 자신이 유명해져 인지도를 갖는 것, 그것이 강찬이 노리는 것이었다.

애초에 강찬은 배우, 혹은 방송인이 될 생각이 없다.

지금은 모든 것이 부족했기에 그가 이용할 수 있는 모든 것을 이용하는 것이었다. 개중 가장 큰 것이 방송이었기에 방송을 중점으로 두는 것이고.

배우 또한 그런 맥락이다.

배우로서 입지를 다지고 성공하는 게 아닌, 강찬이라는 캐릭터의 인지도를 올리고 그것을 이용해 영화에 대한 대중의 관심을 높이는 것이 목표였다.

물론 이름 있는 사람이 영화를 찍는다고 해서 무조건 잘되는 것은 아니다. 어디서 무슨 상을 받았다 하더라도 마찬가지였다.

하지만 한 가지는 확실하다.

홍보가 된다는 것.

기본적인 홍보가 된다는 것 하나만으로도 방송에 나가는 것의 의미는 충분했다.

송인섭은 강찬을 바라보다가 천천히 고개를 끄덕이며 말했다.

"대단하네."

"뭐가?"

"가은이 만난 건 우연이었잖아. 근데 그걸 기회 삼아서 결국 단독 방송 출연까지 따낸 게 신기해서."

강찬은 대답 대신 특유의 미소를 지었고 그의 얼굴을 본 송인섭은 짧게 혀를 찼다.

"사람이 참 일관되게 재수 없기도 쉽지 않은데 말이야."

"타고난 거지."

두 사람이 웃고 떠드는 사이, 대한민국과 토고의 경기는 대한민국이 2:1로 승리했다. 그렇게 하루가 끝났다.

3S 엔터테인먼트의 본사 사장실에 두 명의 사내가 앉아서 모니터를 보고 있었다.

한 명은 송인섭. 그리고 그의 앞에 앉아 있는 사내는 3S 엔터테인먼트의 사장, 한우진이었다.

정장을 입었음에도 도드라지는 두꺼운 팔뚝, 짙은 눈썹과 부리부리한 눈이 인상적인 사내였다.

그들이 보고 있는 모니터에서는 강찬과 송인섭이 함께 연기했던 장면이 재생되고 있었다.

영상이 끝나자 송인섭이 말했다.

"어때요?"

"괜찮은데? 마스크가 좀 아쉽긴 해도 이 정도면 못 쓸 정도는 아니고. 무엇보다 연기가 아주 좋네."

"그렇죠? 내가 얘 연기하는 거 딱 보자마자 우리 회사 데려와야 한다는 생각이 들더라니까."

"근데 본인은 배우에 별로 생각 없다며."

3S 엔터테인먼트의 사장, 한우진의 말에 송인섭이 쓰으읍, 하고 입맛을 다시며 말했다.

"그렇긴 한데, 저 재능을 그냥 썩히긴 아깝잖아요. 그리고 또 이쪽 일하면서 한번 빵 뜨고 나면 생각이 바뀔지도 모르고."

한우진은 송인섭의 얼굴에 걸린 미소를 보다가 흐으음, 소리 내며 물었다.

"너 뭐 받았냐?"

"에이, 받긴 뭘 받아요."

"근데 왜 그렇게 호평 일색이야?"

"애가 사람이 좋아요. 영리하기도 하고. 무엇보다 뭔가 있어요. 일하다 보면 한 명씩 보이잖아요. 얘는 여기 있을 애가 아니구나, 언젠간 크게 되겠구나 하는 사람이요. 제가 그런 사람을 몇 봤는데 다 저 위에 가 있거든요? 근데 찬이한테 그걸 봤어요."

그의 말에 한우진이 눈을 흘기다가 이내 짧게 한숨을 쉬었다. 송인섭이 저런 말을 하며 데려온 배우의 수는 총 셋. 그중 둘은 정말 잘되어 3S 엔터테인먼트의 기둥이 되어주었다.

문제는 나머지 하나가 폭행죄로 교도소에 들어가 있다는 사실이고.

"일단 네 의견이니까 긍정적으로 생각해 보긴 하겠다마는. 인섭이 너도 내 스타일 알잖아. 난 하기 싫다는 애 억지로 데려가는 거 별로 안 좋아해. 특히 할 것도 없는데 배우나 해볼까, 하는 애들은 제일 싫고."

"그래도 느낌은 괜찮지 않아요? 난 저런 식으로 액션 연기하는 사람 처음 봤는데."

"좋긴 하더라."

한우진의 시선이 모니터로 돌아갔다. 멈춰진 화면 속 강찬은 화면 밖 자신을 씹어 먹겠다는 눈빛으로 노려보고 있었다.

확실히 연기 자체는 좋았다. 만약 강찬이 영화감독이 아니라 배우 지망생이었다면 무슨 수를 써서라도 데려왔을 정도로.

"좋긴 한데, 문제는 배우를 하고 싶어 하는 애가 아니라는 거지."

"그거 모르는 거잖아요. 저도 원래 아이돌 하고 싶었는데 사장님이 연기해 보래서 연기하다 보니까 여기까지 온 거고."

"넌 인마, 노래도 춤도 안 되고 가진 건 얼굴뿐인 놈이 무슨 아이돌이야."

"원래 맞는 말 들었을 때가 더 막 반박하고 싶고 그런 거 아시죠?"

"됐고."

모니터를 한 번 더 바라본 한우진이 송인섭과 눈을 맞추며 말했다.

"만약 쟤가 여자였으면 난 반대했을 거야."

"왜요?"

"너 지금 말하는 거 보면 사랑에 빠진 소녀야, 완전."

"……아, 사장님. 말을 해도 무슨. 이거 보여요? 소름 쫙 돋은 거?"

"그래, 뭐 어찌 되었든 간에 만나보기나 하자."

그의 대답을 들은 송인섭이 환하게 미소를 지었다.

"그건 그렇고, 촬영은 어떻게 됐어?"

"만 원의 행복이요? 대박이었죠. 아마 김 PD님이 액션 신 위주로 내보낼 거 같은데 완전 대박 날걸요? 시청률 10% 넘을 거 같은데."

그의 말에 천천히 고개를 끄덕인 한우진은 강찬의 얼굴이

떠 있는 모니터를 껐다. 그러곤 흠, 하고 목청을 가다듬은 뒤
말했다.

"동생은 좀 어때?"

"의사들 말로는 점점 더 나아지고 있다는데, 잘 모르겠어요.
뭐 어쩌겠어요. 의사들 말 믿어야지."

"그래, 네가 고생이 많다."

"고생은요, 뭐."

한우진은 송인섭의 어깨를 툭툭 두들겨준 뒤 말했다.

"다음 주에 토크쇼 하나 들어왔는데, 할 거지?"

"해야죠. 제 체력 생각하지 마시고 그냥 스케줄 풀로 채워주
세요."

"안 그래도 그러고 있어, 인마."

그의 말에 송인섭은 씩 웃더니 고개를 숙였다.

"항상 감사합니다."

"재주는 네가 부리고, 돈은 내가 챙기고 있는데 뭐가 고마
워."

송인섭은 대답 대신 미소 가득한 얼굴로 고개를 끄덕인 뒤
자리에서 일어섰다.

"이만 가보겠습니다. 스케줄이 있어서."

"그래, 더 많이 벌어 와라."

"넵!"

송인섭 편 만 원의 방송이 나가며 강찬은 다시 한번 이슈가 되었고, 이슈의 크기는 전과 비교할 수 없을 정도로 커졌다.

10개 이상의 인터뷰가 들어왔으며 케이블 방송의 출연 제의 또한 몇 개가 들어왔다. 그에게 대중의 관심이 몰리기 시작하며 자연스럽게 그가 찍었던 영화와 광고 또한 이슈가 되기 시작했다.

"이야…… 방송이라는 게 대단하긴 해. 한 달 전만 해도 홈페이지 총방문자 수가 백도 안 됐는데 지금 얼만 줄 알아?"

"몇인데?"

"7만. 그것도 방송 나가고 하루 만에 5만이 늘었어."

서대호는 혀를 내두르며 노트북을 덮었다.

"이러다 막 투자자들이 돈 들고 찾아오면 어쩌지?"

"그럼 좋지."

하지만 실현 가능성은 없다. 영화 제작비로 투자되는 기본이 억 단위를 호가한다. 만약 강찬이 투자자라 하더라도 자신에게 투자하진 않을 것이다.

이미 실력이 입증된 감독이 있는데 무엇하러 신인 감독에게 도박을 하겠는가.

'더 열심히 해야지.'

투자를 받기 위한 첫 발판. '악당'이 선댄스에서 대상을 받고, 한국 개봉에서 어느 정도 인기를 끈다면 어느 정도 투자를 받을 순 있을 터.

하지만 군이 현실적인 말로 서대호의 행복한 상상을 깨고 싶지 않았던 강찬은 군이 대꾸하지 않고 핸드폰 화면으로 시선을 돌렸다.

-오빠 방송 봤어요! 대박! 왜 이렇게 잘생겨졌어?

참 신기한 게, 문자만 봐도 여진주가 어떤 표정과 목소리로 이 말을 할지가 상상이 되었다. 얼굴 가득 번진 미소를 주체하지 못한 강찬이 답장을 보내고 있을 때.

전화가 울렸다.

액정에 뜬 이름은 배혜정.

이름을 확인했을 때, 강찬은 여자 친구를 집에 데려다주다 그녀의 어머니를 만난 것 같은 기분을 느꼈다.

순간 당황하며 헛기침을 한 강찬은 목소리를 가다듬으며 전화를 받았다.

"예. 강찬입니다."

-오랜만이에요. 영화 촬영은 잘되어가고 있나요?

"걱정해 주신 덕에 아주 잘되어 가고 있습니다."

-방송 보니까 그런 것 같더라고요. 방송 잘 봤어요. 강 감독 생각보다 연기를 잘하던데요?

살아 있는 전설이라 불리는 배혜정, 그녀의 입에서 자신의 연기를 칭찬하는 말이 나오자 강찬의 입꼬리가 스멀스멀 올라갔다.

"감사합니다."

-내일 촬영은 어디서 하나요?

"이번 주에는 경기도에 있는 세트장에서 촬영하고 있습니다. 별문제 없는 이상 다음 주 화요일까지는 여기서 촬영할 것 같고요."

그녀가 촬영 스케줄을 물은 순간, 강찬은 일전에 배혜정이 했던 말이 떠올랐다. 가끔 촬영장에 들르겠다는 그 말.

강찬이 기대 섞인 목소리로 말하자 배혜정이 답했다.

-그래요? 경기도면 가깝네. 그럼 이번 주 금요일 날 들러도 괜찮을까요?

"예. 언제든 괜찮습니다. 찾아와 주시는 것만으로 영광이죠."

배혜정은 악당의 투자자이기 전에 톱스타다. 강찬이 매스컴으로부터 주목을 받고 있는 지금, 배혜정이 촬영장을 찾게 된다면 그 이슈는 배가될 터.

거기에 타이밍 좋게 그녀가 이 영화에 투자했다는 사실까지 퍼지게 된다면 제대로 이목을 끌 수 있을 것이었다.

'조금 더 늦게 와주시면 좋겠지만.'

이미 지금은 만 원의 행복으로 충분히 이슈를 끈 상황. 지금의 이슈가 조금 가라앉은 뒤에 다시 띄울 수 있다면 완벽하겠지만, 그렇다고 배혜정에게 한 주만 뒤에 와달라 할 순 없는 노릇이었다.

-그럼 그때 갈게요. 혹시 친구 한 명 함께 가도 괜찮을까요?

"친구분이요?"

-네. 영화 쪽에 관심이 많은 친구라 강 감독 한번 보고 싶다고 하더라고요.

"그럼요."

강찬이 바로 대답하자 배혜정이 살짝 놀란 목소리로 물어왔다.

-같이 가는 친구가 어떤 사람인지 물어보질 않네요? 안 궁금한가요?

배혜정의 친구.

어떤 사람인지 물어볼까 하는 생각이 들었지만, 배혜정이 이름을 거론하지 않는다는 건 그렇게 유명하지 않은 사람이기에 강찬이 들어도 모를 것이라 말하지 않았다는 생각이 들었다.

혹은 그녀가 지금 강찬에게 전화해 촬영장을 찾겠다고 말하는 이유와 연관이 있을 터.

"제가 알아야 한다면 말씀해 주셨을 거라 생각했습니다."

-후후, 맞는 말이네요. 그럼 서프라이즈로 남겨두죠.

"서프라이즈라. 어떤 분이실지 벌써 기대되는데요?"

-너무 기대는 하지 마요.

톱스타라고 일반인 친구가 없으리라는 법은 없었다. 하지만 기대가 되는 것까지는 어쩔 수 없었다.

'영화에 관심 있는 사람이라면…… 관련 업계 종사자려나?'

강찬이 살짝 고민하는 사이, 배혜정이 말을 이었다.

-그러면 이번 주 금요일 날 봐요.

"네. 만반의 준비를 해두고 있겠습니다."

강찬의 말에 웃음을 흘린 그녀는 전화를 끊었고, 곧 서대호가 물어왔다.

"누구?"

"배혜정 배우님."

"헐…… 오신데?"

"응. 친구분하고 같이 오신다네."

"친구분? 누구신데?"

"모르겠어. 서프라이즈라고 하시는데."

서프라이즈라는 말에 서대호가 오, 하는 탄성을 흘렸다.

"배혜정 배우님이 배우시니까 친구면 같은 배우 아니실까?"

"글쎄. 방송 쪽이 아닐 수도 있지."

그렇게 두 사람이 친구의 정체, 그리고 배혜정이 촬영장을 찾는 진짜 이유에 대해 말하는 사이 촬영 시간이 다가왔고, 결국 그 정체를 추리하지 못한 채 촬영이 시작되었다.

그 주의 금요일.

촬영에 들어가기 전, 강찬이 스태프들을 모아놓고 말했다.

"자, 오늘은 배혜정 배우님이 오시는 날입니다. 워낙 베테랑인 분들이라 별걱정이 되진 않지만, 우리 영화의 제일 큰 투자자 겸 대선배님이시니 긴장하지 마시고 평소처럼 행동해 주시길 바라겠습니다."

송인섭이 온다는 말을 전했을 때는 일부 여성 스태프들의 환호가 컸다면 이번에는 3~40대 남성 스태프들의 반응이 좋았다.

그렇게 활기찬 촬영이 시작되고 점심시간이 되기 전, 배혜정이 의문의 손님과 함께 촬영장에 도착했다.

배혜정과 함께 온 사람을 본 강찬의 눈이 크게 뜨였다.

밤색 양복에 검은 안경, 중절모 아래로 흰머리가 성성한 사내. 중후한 분위기의 신사가 그녀와 함께 들어오고 있었다.

'박한길 소장!'

영일 미디어아츠가 영화 제작을 주로 하는 다목적 기업이라면 박한길이 소장으로 있는 한길 제작소는 영화 제작만을 다루는 회사였다.

영화 제작에 있어 영일 미디어아츠와 항상 1, 2위를 다루는 기업. 그 회사의 소장이 배혜정과 함께 강찬의 촬영장을 찾은 것이었다.

'서프라이즈 선물이 너무 큰데.'

손님으로 올 사람의 정체를 최대 투자자, 최소 일반인으로 생각하고 있던 강찬의 예상을 완벽히 벗어나는 캐스팅이었다.

두 사람에게 걸어가는 동안, 강찬의 머리가 빠르게 회전했다.

박한길은 이미 왔으니 돌이킬 순 없다. 그러니 이제 그가 온 이유를 파악하고 자신에게 유리한 방향으로 진행해야 한다.

'왜 왔을까?'

박한길이 자신을 찾아올 이유는 없다. 그가 전화 한 통만 하더라도 강찬이 달려가야 하는 위치에 있는 사람이니까.

하나 저 정도 되는 거물 두 사람이 아무런 이유 없이 강찬을 찾아올 리는 없었다.

'박한길…… 나이는 일흔 줄, 백중혁 이사와 죽마고우이자 라이벌이며…… 또 뭐가 있었지.'

매스컴으로 접한 게 다였기에 그에 대한 자세한 정보는 없었다.

백중혁에 버금갈 정도로 대쪽 같은 성격이며 자신의 손으로 일군 회사, 그리고 자신이 제작한 영화에 엄청난 프라이드가 있다는 것 정도.

'일단 부딪혀 보자.'

대화를 하다 보면 뭐가 나올 터. 그에 맞춰 반응하면 된다 생각한 강찬은 심호흡한 뒤 배혜정에게 먼저 인사를 건넸다.

"오랜만에 뵙습니다."

"반가워요. 아, 이쪽은 박한길 씨예요. 강 감독 표정 보니까 굳이 내가 설명 안 해도 될 것 같은 얼굴이네요."

"당연하죠. 이쪽 일 하면서 한길 제작소의 박한길 소장님을 어떻게 모르겠습니까. 만나 뵙게 되어 영광입니다. 강찬입니다."

강찬이 고개를 숙이자 중절모를 쓴 신사, 박한길이 강찬에게 손을 내밀었다.

"박한길이오."

영일 미디어아츠의 이사 백중혁이 산중 호랑이 같은 느낌이라면 박한길은 현대판 신선 같은 느낌이었다.

강찬은 그와 악수를 하며 그가 제작한 영화들의 제목을 떠올렸다. 그리고 그중 가장 잘 아는 영화를 말했다.

"소장님이 제작하신 '사라마구'를 보며 영화인에 대한 꿈을 키웠었는데, 이렇게 만나 뵙게 될 줄은 몰랐습니다."

강찬의 말에 박한길의 눈에 의문이 떠올랐다. 사라마구는 90년대 초 영화, 강찬 나이 또래가 알 수 있는 영화가 아니었기 때문.

"그걸 어떻게 봤소?"

"아버지가 영화 쪽 일을 하셔서 어릴 적부터 많은 영화를 봤었습니다."

"그래? 나도 잘 기억이 안 나는 작품인데……"

진짜 기억이 안 난다는 표정이 아니었다. 강찬의 눈을 정확히 바라보고 있는 것이 그를 시험하는 모양. 강찬은 씩 웃으며 답했다.

"노벨 문학상 수상자인 주제 사라마구의 책 '수도원 회고록'을 보고 감명받은 주인공이 발타사르가 되어 블리문다를 찾아가겠다는 내용이었습니다. 기억나시는지요."

조금은 딱딱하게 보이던 박한길의 입가에 슬며시 미소가 깃들었다.

"발타사르, 블리문다. 참 오랜만에 듣는 이름이구먼."

그는 추억을 회상하는지 초점 없이 눈을 몇 번 껌뻑이더니 이내 눈을 똑바로 뜨곤 강찬을 바라보았다.

"중혁이랑 일한다고."

"아, 예."

백중혁과 박한길, 두 사람이 친한 사이라는 것을 다시 한번 상기한 강찬이 답하자 박한길이 말을 이었다.

"얘기 많이 들었소. 실력이 좋다던데."

"감사합니다."

백중혁 이사가 한국 영화 제작의 시스템을 정립했다면 박한길은 마지막 남은 아날로그 세대였다. CG 같은 VFX 효과, 즉 특수효과를 최대한 멀리하는 제작 방식을 선호하는 사람이었다.

간단히 예를 들자면 실사 영화계의 거장, 크리스토퍼 놀란과 비슷한 류의 제작자였다.

"실력이 좋아서 데리고 갈 거라던 말도 하더구먼."

백중혁이 자신의 자랑을, 박한길에게 했다? 상상이 가지 않는 그림이었다. 자신을 좋게 생각하고 있는 건 알았지만 이 정도일 줄이야.

'한국 개봉이 쉬워지겠는데.'

한국 영화판에서 백중혁이 갖는 파급력은 어마어마하다. 그의 라이벌이나 다름없는 박한길이야 두말할 것도 없고.

그런 두 사람이 자신에게 관심을 보인다는 것에 기분이 좋아진 강찬은 미소를 띤 채 예, 하고 대답했다.

"그치가 그런 말을 하는 걸 본 게 오랜만이거든. 그래서 궁금해서 찾아왔소."

강찬이라는 사람이 궁금했다면 따로 연락해서 만날 수 있다. 그런데도 굳이 배혜정과 함께 촬영장으로 찾아왔다는 것은.

'실력을 보겠다는 거구나'

일단은 그렇게 생각해도 될 듯했다. 그렇다면 남은 것은 최선을 다해 자신의 가치를 입증하는 것.

만약 백중혁에 이어 박한길에게까지 자신의 가치를 입증하고 그의 뒷배로 둘 수 있다면 앞으로 한국에서 영화를 찍는 데 있어 엄청난 힘이 되어줄 것이었다.

작게는 스태프진의 구성부터 크게는 배우의 캐스팅과 제작사와 배급사까지. 모든 것이 거미줄처럼 연결되어 있는 영화판인 만큼 저 사람들이 가져다줄 무형적인 이익은 생각 이상으로 거대할 터.

강찬이 자신이 보여줄 수 있는 모든 것을 떠올리고 있을 때, 배혜정이 말했다.

"그런 식으로 말씀하시면 강 감독이 부담스럽지 않겠어요? 너무 부담 갖지 말고 편하게 해요."

배혜정이 미리 말만 하고 데려왔어도 이 정도로 부담을 느끼진 않았을 것이다. 한데 그녀가 이런 말을 하다니.

악의 없는 장난에 강찬은 미소를 지은 뒤 박한길에게 물었다.

"뭐부터 보여 드리면 될까요?"

"나는 없는 사람이라 생각하고 평소처럼 해보게."

'말이 쉽지.'

비단 강찬뿐만 아니라 모든 스태프가 긴장하고 있는 게 피부로 느껴지는 상황이었다.

"알겠습니다."

투자자들이 촬영 현장을 찾는 경우가 아예 없는 것은 아니었다. 그런 것이라 생각하면 되는 것.

대답한 강찬은 서대호와 안민영, 그리고 윤가람을 불렀다.

"상황이 재미있어졌죠?"

강찬의 첫마디에 세 사람이 헛웃음을 흘렸다.

"……재미요?"

"퍽이나."

"죽을 거 같은데."

"평소에 하던 대로 하면 돼요. 괜히 더 긴장하면 실수하니까. 긴장 안 하고 평소처럼 하는 거 그게 제일 중요합니다."

강찬의 말에 그의 발아 능력 '연설-설득'의 효과가 담겼다. 별다른 말은 아니었지만, 능력이 발휘되자 세 사람의 얼굴에서 긴장이 사르르 녹아내렸다.

"대호 너는 돌면서 스태프들 긴장 좀 풀어줘. 윤가람 PD님은 바로 기사 좀 내주실 수 있나요?"

"기사요?"

"예. 두 분하고 저기 서 있는 사진 몇 장 찍어서 쫙 뿌려주세요."

당장 강찬과 배혜정, 그리고 박한길이 강찬의 촬영장에 모였다는 것만으로도 충분한 이슈가 될 것은 당연하다.

아직 배혜정이 강찬의 영화에 투자했다는 사실은 알려지지 않은 상황. 이번 사진으로 배혜정이 투자했다는 사실이 알려지고 박한길이 그에게 관심을 가지고 있다는 것까지 더해지면 대중뿐만 아니라 영화판에 속한 사람들의 관심이 더욱 커질 것이다.

"그래도 될까요?"

기사를 내보내는 것이야 어렵지 않다. 하지만 저 두 사람의 동의를 구하지 않고 사진을 찍어도 되는 것인가 하는 게 문제였다.

강찬이 대답하려 할 때, 안민영이 고개를 끄덕이며 말했다.

"저 두 분께서 자신의 발걸음이 갖는 의미를 모르고 움직이실 리 없잖아. 걱정 안 해도 돼. 내 생각에 배혜정 배우님은 그거 노리고 오신 거 같은데."

강찬이 하려던 말이 안민영의 입에서 그대로 나왔다. 강찬 또한 고개를 끄덕이며 '저도 그렇게 생각합니다.'라고 말하자 윤가람 PD가 알겠다 말한 뒤 카메라를 챙겼다.

"그럼 난 제작자로서 감독과 시나리오에 관해 대화를 나누는 척하면 되는 건가?"

"정확합니다."

어떻게든 잘 찍어보려 노력하는 듯 보이는 연출. 그것 또한 필요했다. 강찬이 씩 웃자 안민영 또한 미소를 지으며 강찬과 함께 필드 모니터가 놓인 테이블로 걸음을 옮겼다.

"박 소장님이 직접 오실 거라곤 생각도 못 했네."

"그러게요. 상상도 못 했어요."

강찬은 오늘 촬영할 시나리오를 든 채 미간을 찌푸렸고, 안민영 또한 최대한 진지해 보이는 표정을 지었다.

우리는 지금 너희에게 보여줄 장면을 잘 찍기 위해 이렇게 고뇌하고 있다, 하는 연출이었다. 강찬이 웃음을 참기 위해 눈썹을 찡그리고 있을 때 안민영이 말을 이었다.

"한국 개봉하려면 내년 초는 돼야 할 텐데 벌써 경쟁이 치열하네. 이러다 진짜 대박 나는 거 아니야?"

"그럼 좋죠."

안민영은 씩 웃음을 지으려다 다시 심각한 표정을 지으며 시나리오 한쪽을 가리키며 말했다.

"준비해 둔 건 있어?"

"제가 할 수 있는 건 다 해봐야죠."

이미 준비는 끝났다.

강찬의 장점이라면 배우들의 감정을 끌어내는 연출과 편집이다. 당장 편집을 보여줄 순 없으니 지금 보여줄 수 있는 것은 연출.

그렇기에 오늘 준비한 것은 감정의 폭발과 액션이다.

박한길이나 배혜정의 위치에 있는 이들은 촬영하는 것만 봐도 어떤 장면이 나올지 가닥이 잡히게 마련이다.

두 사람이 대화를 나누고 있을 때, 강찬은 목 뒤가 간지러운 듯한 느낌을 받았다. 마치 누군가가 자신을 바라보고 있는 것 같은 그런 느낌.

그렇게 강찬이 시선을 돌렸을 때, 그곳에는 서대호가 있었다.

서대호는 어디서 났는지 모를 박카스 박스를 한 손에 든 채 스태프들 사이를 돌아다니며 긴장을 풀어주고 있었다.

그런데.

그의 머리 위로 새하얀 새싹이 피어올라 있었다.

'……맙소사.'

발아의 씨앗이 서대호의 머리 위에도 자리를 잡은 것이다.

'뭐지, 무슨 능력이지?'

서대호는 배우들과 이야기를 나누고 있을 뿐 다른 행동은 하고 있지 않았다. 즉, 일 관련의 발아는 아니라는 뜻이 된다.

강찬이 서대호를 바라보고 있을 때, 안민영이 그의 손가락을 톡 건들며 말했다.

"강 감독."

"아, 네."

"무슨 생각을 그렇게 깊게 해. 촬영, 조명, 오디오 팀 스탠바이래."

어쩔 수 없다. 서대호의 발아도 중요하지만 지금 더 중요한 것은 박한길의 마음을 사로잡는 것이었다.

"배우분들은요?"

"대호 씨가 체크 중. 이제 오는 거 보니까 스탠바이 됐나 본데."

"그럼 촬영 시작하죠."

강찬은 고개를 돌려 배혜정과 박한길을 슥 바라본 뒤 촬영의 시작을 알렸다.

달빛조차 없는 어두운 밤, 헉헉거리는 거친 숨소리와 함께한 명의 사내가 골목길에서 뛰쳐나왔다.

가로등마저 빛을 잃어 한 치 앞을 구분하기도 힘든 상황, 사내는 불안감이 가득 담긴 눈으로 주변을 살폈다.

그의 눈에 들어온 것은 빌라의 입구. 사내는 지체하지 않고 빌라로 뛰어들어갔다.

사내가 사라진 골목. 몇 초도 지나지 않아 검은 정장을 입은 사내들이 우르르 뛰쳐나왔다.

험상궂은 사내들은 미간을 찌푸린 채 주변을 둘러보았고, 그중 한 사내가 출입구에 불이 켜진 빌라를 발견하고 손짓했다.

"가자."

여섯 명의 사내가 빌라로 들어가고 얼마나 지났을까. 욕설과 싸우는 소리, 무언가 부딪히는 소리가 이어지다 이내 빌라의 2층 창문이 깨지고 사람 하나가 뛰어내린다.

도망을 치던 사내다.

허리춤에서 피를 줄줄 흘리는 사내는 뛰어내리다 잘못된 건지 다리를 절면서도 필사적으로 일어난다.

그리고 그때.

검은 스타렉스 한 대가 골목에 들어서고 그것을 본 도망자의 눈에 절망이 깃든다.

그의 눈에 비친 스타렉스의 헤드라이트 빛이 빠르게 가까워지고, 쓰러져 있는 도망자를 그대로 받아버린다.

도망자는 멀리 튕겨 나가 벽에 부딪힌 뒤 미동도 없다.

곧 스타렉스에서 검은 정장을 입은 사내가 내렸다. 밤에도 쓰고 있는 붉은 알에 금테가 둘러진 선글라스가 눈에 띄는 사내였다.

그는 스타렉스에서 내리자마자 담배를 꺼내 불을 붙인 뒤 쓰러진 도망자에게 걸어갔다. 그러곤 발로 도망자를 툭툭 차며 말했다.

"죽었냐?"

원래 방향과는 다르게 돌아간 다리, 그리고 허리춤으로 흐르는 피가 바닥을 적시며 그의 죽음을 알리고 있었다.

"쯧."

짧게 혀를 찬 선글라스는 곧 스타렉스의 운전자를 향해 소리쳤다.

"야, 이 멍청한 새끼야. 물어볼 거 있는데 그냥 죽이면 어떡하냐!"

"죄송합니다!"

운전자는 사람을 죽였다는 죄책감은 단 하나도 없었다. 대신 형님이라 부른 사내에게 혼나는 것이 불만인 모양이었다.

"에이, 씨발."

선글라스는 시체를 힐끗 본 뒤 말했다.

"이거 치우지 말고 두고 가라. 그 새끼 보라고."

"넵!"

정장을 입은 사내들과 빌라에서 나온 사내들은 나타날 때와 같이 빠르게 사라졌다. 그리고 남은 한 구의 시체.

눈도 감지 못한 채 쓰러진 시체 위로 꺼져 있던 가로등이 주황빛을 한 번 비추었다가 이내 불똥을 튀기며 다시 꺼졌다.

그리고 얼마나 지났을까.

아직 초등학생으로 보이는 어린 여자아이 하나와 후줄근한 양복을 입은 사내 하나가 골목 어귀로 머리를 내밀었다.

그들은 시체를 발견한 것인지 빠른 걸음으로 달려왔다. 여자아이가 주변을 살필 때, 사내가 시체의 얼굴에 손을 얹으며 말했다.

"……태수야?"

시체는 말이 없다. 그리고 차갑다.

무엇보다 감지 못한 눈은 이미 산 사람의 것이 아니었다.

시체의 얼굴을 만지작거리던 사내는 그 사실을 인정하지 못하겠다는 듯 죽은 이의 몸을 일으켜 세운다.

하지만 차게 굳은 몸은 사내의 뜻대로 움직이지 않는다. 사내는 결국 시체의 눈두덩이를 문지르며 말했다.

"태수야, 말 좀 해봐. 태수야!"

그사이 소녀가 다가와 시체를 본다. 소녀는 익숙한 것인지 감정이 메마른 것인지 모를 표정으로 시체를 바라보다 이내 사내의 어깨에 손을 얹으며 말한다.

"죽었어. 가자."

"……태수야. 태수야. 태수야!"

"죽었다니까."

사내는 오열했고 소녀의 눈시울 또한 붉어졌다. 하지만 소녀는 울음을 참는 듯 입술을 꽉 물었고 그사이 해가 떠오르기 시작했다.

"이러다 우리도 죽어. 태수 오빠가 그걸 바라진 않을 거야. 가자. 제발…… 가자."

소녀가 사내의 어깨를 끌었지만 사내는 미동도 하지 않았다. 대신 눈물을 흘리며 입술을 깨물 뿐이었다.

얼마나 세게 물었는지 입술이 터져 흐른 피가 턱을 타고 떨어져 내렸다. 그 피가 시체의 얼굴을 적셨다.

"그래…… 가자."

사내는 시체, 아니, 태수의 눈을 감겨준 뒤 자리에서 일어선다. 가장 친했던, 항상 한 몸처럼 붙어 다녔던, 그래서 자신을 대신해 목숨까지 바친 친구의 눈을 감겨준 사내는 뒤로 돌며 말한다.

"한솔아, 미안한데 나 더 도망 못 다니겠다."

그의 말에 소녀가 천천히 고개를 끄덕이며 말한다.

"나도."

주한솔 역을 맡은 이여름이 마지막 대사를 친 순간, 서대호의 오케이 사인과 함께 촬영이 끝났다.

"오케이! 컷! 수고하셨습니다!"

서대호의 사인과 함께 시체가 된 태수 역을 맡고 있던 표해찬이 으어어 하는 소리와 함께 일어났다.

시체 분장을 위해 서클렌즈를 끼고 새하얀 피부에 피까지 칠한 그는 좀비라 불러도 어색함이 없을 정도였고, 그 모습을 본 이여름은 강찬의 뒤로 숨었다.

귀여운 모습에 이여름의 머리를 쓸어준 강찬은 곧바로 필드 모니터를 향해 걸어가며 서대호에게 물었다.

"어때? 장면 잘 나왔어?"

그의 물음에 서대호는 엄지를 치켜들며 답했다.

"연기 죽였다."

그의 말에 방금 신을 연기했던 강찬과 이여름, 그리고 표해찬이 우르르 필드 모니터로 몰려와 촬영분을 체크했다.

"크…… 연출 죽인다. 이거, 딱 조명 한 번 켜졌다가 다시 꺼지는 연출. 진짜 좋은 거 같아요."

표해찬의 칭찬에 강찬이 머쓱하게 웃는 사이 그들의 연기 장면이 슥슥 지나갔고, 강찬은 만족스러운 미소를 지었다.

'이 정도면……'

강찬이 가진 모든 것을 쏟아부었다 해도 될 만한 장면이었다. 그의 장점인 감정 표현이 십분 발휘되었고 이제 뒷부분에 있을 액션까지만 보여주면 그 어떤 감독이라도 자신에게 호의를 느낄 것이었다.

강찬이 자신의 작품에 만족하고 있을 때, 뒤에서 보고 있던 박한길이 그에게 다가왔다. 자연스레 강찬의 주변에 있던 이들이 몇 걸음씩 물러서자 그 모습을 본 박한길이 헛웃음을 흘렸다.

"내가 무슨 호환, 마마라도 되나? 왜 도망들 가고 그래."

입꼬리 한쪽만을 말아 올린 애매한 미소를 지은 그는 강찬을 바라보며 말했다.

"자네, 지금 계약된 게 있나?"

"예."

"계약금은?"

"……예?"

"계약을 했으니 돈을 주었을 거 아닌가. 그게 얼마나 되냐는 소릴세."

그거야 안다. 그걸 묻는 저의가 궁금해서 되물은 거였지. 자신의 계약금에 대해 생각해 보던 강찬은 이내 생각을 반전시켜 박한길이 이런 질문을 던지는 의도에 대해 고민했다.

'……설마 계약하자는 건가.'

강찬의 표정에 그의 생각이 드러났을까, 박한길이 한쪽 입꼬리만 말아 올리는 미소를 다시 한번 짓더니 말했다.

"중혁이가 탐내는 이유를 알겠구먼. 그쪽에서 얼마를 주든, 무슨 조건을 제시하든, 그것에 10%를 더 주겠네. 마음 같아서는 그쪽 계약 파기하고 이쪽으로 오라 하고 싶지만 그건 상도의가 아니니 두고. 다음 작부터."

거절할 수 없는 제안에 제안을 받은 당사자인 강찬은 물론이거니와 옆에 있던 모든 사람의 입이 벌어졌다.

그리고 박한길의 말이 끝난 순간, 누구보다 놀란 표정을 지은 안민영이 촬영장 바깥쪽으로 빠져나가며 핸드폰을 들었다.

그녀는 집에 불이 난 사람처럼 빠르게 번호를 누른 뒤 전화를 걸었다. 억겁의 시간 같은 통화음 끝, 상대가 전화를 받았다.

-백중혁일세.

"이사님, 안민영 PD입니다."

안민영이 촬영장을 빠져나가는 것을 본 강찬은 속으로 웃었다.

'전화하러 가는구나.'

백중혁 이사에게 이 상황을 전하고 지시 사항을 전달받을 터. 안민영과 백중혁 이사야 발등에 불이 떨어진 기분이겠지만 강찬은 아니었다.

'아주 좋은 기회야.'

이제는 경쟁이다.

강찬을 갖고 싶어 하는 두 거물의 경쟁. 그 사이에서 프로덕트가 된 강찬은 자신의 몸값을 올리기 위해 이리저리 저울질하면 될 터.

강찬은 박한길을 바라보며 말했다.

"좋은 제안 감사합니다만. 일단 말씀드릴 게 있습니다."

"뭔가?"

"일단 저는 영일에 픽업된 게 아니라, 제가 영일을 픽업한 겁니다."

"……그게 무슨 소린가?"

원래 영화 제작을 위해서는 제작사가 시나리오를 픽업하고 투자자를 구한 뒤 감독을 구한다.

하지만 강찬의 경우에는 달랐다.

"제가 각본을 쓰고 감독이 되어 배우를 캐스팅한 뒤 투자를 받고 영일의 스태프 진을 픽업했습니다."

강찬의 말에 자신의 귀를 의심하듯 귓불을 만지작거린 박한길이 말했다.

"……믿기 힘들구먼."

"사실이에요."

강찬의 말을 거들어준 것은 배혜정이었다. 그녀는 사실이라 말하며 강찬에게 눈을 찡긋했는데 그 얼굴에서 자꾸만 여진주가 보였다.

강찬이 잠깐 다른 생각을 하는 사이, 박한길이 물어왔다.

"그럼 계약금을 받은 것도 없겠구먼. 계약을 털기가 훨씬 수월하겠어?"

"아까 상도의가 아니라고 하지 않으셨습니까?"

"아까랑은 갑을이 다르지 않은가. 자네가 갑이라고는 생각을 못 했지. 거 생각할수록 물건이네. 자네 나이가 몇이라 했나?"

"스물입니다."

"허……."

짧은 탄성을 흘린 그는 이내 빛이 나올 것 같은 눈으로 말했다.

"10%가 모자라면 말하게나."

"일단 그것보다 중요한 게 있습니다."

"그게 뭔가?"

박한길은 처음 등장했을 때와는 다르게 급한 목소리로 물어왔고, 외려 긴장하고 있던 강찬이 더욱 느긋해진 목소리로 답했다.

"지금은 영화에 집중하고 싶습니다. 박 소장님과 함께 일을 하고 싶은 마음이야 굴뚝 같지만 전 지금 아무것도 정해진 게 없는 사람입니다. 그런 와중에 박 소장님과 함께한다는 걸 결정해 버리면 지금 영화에 집중하지 못할 것 같습니다."

말이야 길었지만 결국은 거절이었다. 박한길은 자신의 제안이 거절당할 줄 몰랐다는 듯 멍한 얼굴을 했다가 이내 물었다.

"백중혁이 때문인가?"

"아닙니다. 말씀드린 게 다입니다."

"그럼 자네 영화 제작이 끝날 때까지는 어느 회사와도 계약하지 않겠다는 말인가?"

"그렇습니다."

"백중혁이가 직접 찾아와도?"

"예."

그제야 박한길의 한쪽 입꼬리가 말려 올라갔다.

"내가 너무 내 입장만 생각한 것 같구먼. 알겠네. 영화 제작이 끝나고 이야기하도록 하세나."

그는 다시 현대판 신선 같은 모습으로 중절모를 눌러쓰곤 강찬에게 악수를 건넸다. 강찬이 그의 손을 쥐자 그는 노신사답지 않은 묵직한 아귀힘으로 강찬의 손을 꾹 쥐었다 놓았다.

마치 자신의 것이라고 도장을 찍는 듯한 느낌에 강찬이 멍해진 사이, 그는 그럼, 하는 말과 함께 촬영장 밖으로 나섰다.

그때, 밖으로 나갔던 안민영이 들어왔다.

그녀는 이미 대화가 끝난 것을 보고선 경악했다가 옆에 선 서대호에게 귓속말로 물었다. 그렇게 두 사람이 대화를 나누고 있을 때.

배혜정이 강찬을 바라보며 말했다.

"서프라이즈 어때요?"

"다음부터 배혜정 배우님이 서프라이즈라고 말씀하시면 우황청심환부터 챙겨 먹어야겠다는 교훈을 얻었습니다. 그래도 감사합니다. 덕분에 좋은 기회를 잡았습니다."

"저야 투자자니까 강 감독이 잘되길 바랄 뿐이죠. 그런데 생각보다 너무 잘해줘서 저도 고맙네요."

강찬은 그저 미소를 띠었고 그녀 또한 마주 미소를 지었다.

"오늘 즐거웠어요."

"영광입니다."

"영광은 무슨…… 그럼 다음에 봐요."

말을 마친 그녀는 다른 스태프들이나 배우들에게도 목례를 한 뒤 촬영장을 떠났다.

그녀가 촬영장을 벗어날 때까지 입을 열거나 다른 일을 하는 이는 없었다. 그저 배혜정이 나가길 기다리다 그녀가 촬영장을 나간 순간.

후우, 하는 한숨이 여기저기서 흘러나왔다. 강찬 또한 마찬가지. 긴 한숨을 내쉬었을 때 서대호가 말했다.

"무슨 폭풍이 몰아친 기분인데."

"폭풍 맞지."

거대한 폭풍이 하나 지나갔고, 이제 곧 비슷한 규모의 폭풍이 몰아칠 예정이었다. 고개를 주억인 강찬이 안민영을 보며 물었다.

"굉장히 할 말이 있으신 표정인데요."

"……백중혁 이사님도 제안하셨어. 15%."

말 한마디를 들었을 뿐인데 5%가 올랐다. 과연 저 퍼센티지가 몇 퍼센트까지 올라갈까? 하는 기대를 품은 강찬은 속으로 만세를 불렀다.

하지만 겉으로는 시큰둥하게 고개를 끄덕인 뒤 촬영의 마무리를 알렸다.

두 거장이 다녀간 후 일주일이 지났다.

윤가람 PD가 찍어낸 사진은 태풍이 되어 영화계를 몰아쳤고 연일 추측성 기사가 난무하기 시작했다.

그 태풍의 눈은 물론 강찬이었다.

입에 담기도 힘든 찌라시가 있는가 하면 강찬이 어떤 사람인지, 어떤 능력을 지니고 있기에 두 거물이 그에게 관심을 보이는 것인가에 대해 궁금해하는 이들 또한 있었다.

추측성 기사들은 강찬에 대한 정확한 사실을 원했고 강찬은 개중 가장 믿을 만한 회사, 시네마 24를 골라 한 번 더 인터뷰를 했다.

시네마 24는 이번 인터뷰가 자신들에게도 기회라는 것을 알았는지 단순한 잡지 인터뷰가 아닌 영상 인터뷰를 준비했고 강찬은 흔쾌히 그들의 제안을 받아들였다.

강찬을 위한 배려인지, 아니면 정승아의 사심인지는 몰라도 또다시 정승아가 강찬의 인터뷰를 맡았다.

"우리 인터뷰한 지 한 달 조금 지난 거 알아요?"

작은 체구, 유난히 큰 입, 동글뱅이 안경이 인상적인 기자, 정승아가 물어왔고 강찬은 대답 대신 미소를 지었다.

"제가 1kg 찌는 동안 강 감독님은 어마어마한 걸 이루어내셨더라고요."

"살찌셨어요? 그렇게 안 보이는데."

"립 서비스도 엄청 느셨는데요?"

간단한 농담으로 시작된 인터뷰는 거의 한 시간가량 이어졌다. 강찬이 살아온 이야기부터 인연을 맺게 된 계기, 앞으로 어떻게 살아갈 것인가에 대한 포부까지.

인생의 전반부에 대한 인터뷰가 끝나자 정승아가 고개를 끄덕이며 말했다.

"그럼 강찬 감독님에 대한 인터뷰는 여기까지 하겠습니다. 강 감독님. 마지막으로 하고 싶은 말씀 있으신가요?"

"일단…… 과한 사랑 감사드립니다. 한국에서는 내년 봄에 개봉하게 될 '악당' 많은 사랑 부탁드리겠습니다. 감사합니다."

인터뷰가 끝나자 정승아는 밥이라도 한 끼 같이하자 말했지만 아쉽게도 선약이 있는 상황이었다.

"선약? 거짓말 아니죠?"

"대신 다음에 밥 살게요. 오늘은 진짜 약속이 있어서."

정승아는 아쉽다는 듯 손을 흔들었고 강찬은 송인섭이 소속된 3S 엔터테인먼트의 사장, 한우진을 만나기 위해 서울로 향했다.

강찬이 카페에 도착하자 구석에 앉은 사내가 손을 흔들었다. 청바지에 흰 셔츠를 넣어 입었을 뿐인데 연예인 느낌을 풀풀 풍기는 사내, 한우진이었다.

"강찬입니다."

"한우진입니다."

3S 엔터테인먼트의 사장 한우진은 강찬이 내민 손을 쥐며 말을 이었다.

"연기 잘 봤어요. 액션이 굉장히 인상적이던데."

강찬의 손을 놓은 그는 강찬이 연기했던 액션을 따라 하듯 상체를 휙휙 움직였다. 대충 움직이는 것처럼 보였지만 그 또한 베테랑 연기자 출신의 사장. 꽤 봐줄 만했다.

"감사합니다."

"강 감독 바쁜 거야 세상 사람들 다 아는 일이니까 바로 본론부터 이야기할게요. 괜찮죠?"

강찬이 고개를 끄덕이자 한우진이 마음에 든다는 듯 미소를 지은 뒤 말을 이었다.

"꿈이 배우입니까?"

"아뇨."

"그럼 뭔지 물어봐도 됩니까?"

"영화감독입니다."

마치 미리 짜 온 대본을 읽듯 막힘없는 대답에 한우진은 헛
웃음을 흘렸다. 요즘 스무 살 아이들이 이렇게 똑 부러지던가.

대학을 졸업하고도 뭘 해야 할지 몰라 망망대해의 부표처
럼 떠돌던 자신의 과거를 떠올린 한우진은 고개를 휘휘 저어
잡념을 털어버렸다.

"배우는 왜 하려는 겁니까?"

"감독으로 성공하기 위해 필요한 길 중 하나라 생각해서입
니다."

"인섭이한테 비슷한 이야기를 들었던 것 같네요. 지금 당장
은 티켓파워를 가진 배우를 캐스팅할 수 없으니 자신이 유명
해져 티켓파워를 대신하겠다는 것과 같은 맥락입니까?"

"예."

각본에 연출에 제작까지 하는 감독은 없는 것이 아니다. 하
지만 주연까지 하는 감독은 본 적이 없었다.

게다가 카메오처럼 잠깐 나오는 게 아닌 주역이다.

만약 저 네 가지 중 하나라도 제대로 못 한다면 욕심 많은
감독이라 욕을 먹으며 영화판의 뒤안길로 사라질 터.

"'내가 연기를 하면 인기를 끌 수 있다'라는 자신이 있는 겁
니까?"

"예."

"……어떻게요?"

"제가 지금 사장님과 독대하고 있는 걸 보면 알 수 있지 않겠습니까?"

강찬의 말에 한우진이 실소를 흘렸다.

그의 말이 맞다. 만약 강찬에게 가능성을 찾지 못했다면 엔터테인먼트의 사장인 자신이 직접 여기까지 찾아오지 않았을 터.

강찬의 말에 동의하듯 고개를 끄덕인 한우진이 말했다.

"그럼 마지막으로 묻겠습니다. 강 감독님은 배우가 하고 싶으십니까?"

"예."

TV를 보며 저런 배우가 되어보고 싶다, 혹은 저런 연기를 해보고 싶다, 하는 생각을 안 해본 사람이 있을까.

강찬 또한 평범한 사람이며 그런 배우들을 누구보다 가까이서 보는 사람 중 하나였다.

그렇기에 자신의 작품이 아닌, 다른 사람의 작품에 있는 캐릭터를 연기해 보고 싶었다. 그리고 인기 또한 누려보고 싶었다.

물론 시간의 제약이 있기에 3개월 이상 가는 것은 하지 못하겠지만 그것만으로도 충분하다.

"큰 역할이 아니어도 상관없습니다. 자잘한 엑스트라 몇 번하다 빠져도 괜찮습니다. 9월 말부터 1월 초까지, 연기 한번 해

보고 싶습니다."

강찬이 원하는 것은 TV에 꾸준히 얼굴을 비추는 것, 그리고 그로 인한 인지도였다. 어느 위치에서 연기하든 간에 이목을 끌고 인지도를 얻을 자신이 있었다.

이번 영화 '악당'을 찍으며 그의 연기를 보았던 사람들이 그것을 입증해 주었고, 또 만 원의 행복을 통해 얻은 대중들의 관심으로 인해 확인할 수 있었다.

강찬의 얼굴에 서린 자신감을 읽은 것일까, 한우진은 만족스러운 미소를 지으며 말했다.

"그럼 액션으로 한번 맞춰보겠습니다. 계약서는 뭐, 나중에 시간 날 때 쓰도록 하고. 임시긴 하지만, 3S 엔터테인먼트의 가족이 된 걸 환영합니다."

한우진이 손을 내밀자 강찬이 그의 손을 쥐었고 두 사내가 힘차게 악수했다.

굿! 모! 닝! 빠라빠빠빠~ 빠빠빠 굿! 모……

시끄럽게 울려대는 알람을 끈 강찬의 미간이 형편없이 구겨졌다.

어쩌면 잠에서 깨어났다는 짜증보다 저 알람이 주는 짜증이 더 크지 않을까, 하고 생각하던 강찬은 고개를 휘휘 저으며 몸을 일으켰다.

"음."

평소에는 아직 꿈속에서 헤매고 있는 몸을 억지로 일으키는 느낌이라면 오늘은 달랐다. 마치 10시간 이상 숙면한 것 같은 개운함이 머리와 몸 전체에 가득했다.

알람이 울리자마자 일어났으니 3시간을 잔 게 분명한데 왜 오늘은 개운한 걸까. 그 차이가 뭘까 하고 고민하던 강찬이 손가락을 튕겼다.

"발아!"

**[신규 발아 능력 : 숙면 - 발아 1단계.]**

떠오른 메시지를 본 강찬의 입가에 미소가 번졌다. 영화 촬영이 세 달차에 접어들며 걸어 다니는 시체라는 별명을 얻었고 푸석푸석해진 피부 때문에 분장이 잘되지 않아 애를 먹은 적도 있었다.

그런 타이밍에 숙면이라니.

얼마나 잘 잔 건지 얼굴 피부가 탱탱한 게 느껴질 정도였다.

'조금 아쉽네.'

오늘은 영화 '악당'의 마지막 촬영일이었다. 조금만 더 빠르게 발아했다면 더 나은 컨디션으로 더 좋은 장면을 뽑을 수 있었을 텐데.

아쉬운 것도 잠시였다. 이건 앞으로 활용 가능성이 무궁무진한 능력이었다. 이제는 세 시간만 자더라도 푹 잔 것 같은 효과를 낼 수 있으니 하루에 1~2시간만 자도 충분히 활동할 수 있을 터.

"좋아."

오랜만에 느껴보는 활기에 벌떡 일어선 강찬은 기지개를 켠 후 촬영장으로 향했다.

7월 31일.

본격적으로 찾아온 뜨거운 여름에도 촬영장의 열기는 시들지 않았다. 끝이 보이면 늘어질 법도 했지만, 촬영장에서 늘어지는 스태프는 찾아보기 힘들었다.

그도 그럴 것이 틈만 나면 백중혁과 박한길이 찾아와 얼굴을 비추고 가는데 늘어지는 모습을 보였다가 눈도장이라도 찍히면 그대로 영화 인생에 종지부를 찍을 수도 있으니 말이다.

"벌써 마지막 날이네."

마지막 장면의 촬영 준비를 하던 강찬이 아쉬운 듯 말하자 그의 옆에 서 있던 안민영 PD가 말했다.

"마지막이라니, 강 감독은 이제 행복 끝, 고생 시작 아닌가?"

"……그건 그렇죠."

이제 편집이라는 지옥이 강찬을 기다리고 있었다.

영화는 촬영보다 후반 작업이 더 중요하다.

어떤 장면을 어디에 배치할지는 물론이고 색감과 목소리, BGM과 VFX 등 수많은 과정이 남은 상황. 강찬의 고생은 이제 시작이나 마찬가지였다.

"괜찮아. 너무 낙담하지 마. 오늘 하루쯤은 즐겨도 되잖아?"

"방금 제 기분을 나락까지 떨어뜨린 분이 하실 말씀은 아닌데요."

"원래 병 주고 약 줘야 고마운 줄 알지, 병만 주면 미운 사람 되잖아. 약만 주면 호구 소리 듣고."

참 한결같은 사람이다.

강찬이 헛웃음을 흘리고 있을 때, 안민영이 손으로 소주잔을 들이켜는 듯한 모양새를 취하며 말했다.

"오늘 회식할 거지?"

"당연히 해야죠. 세 달간 수명을 깎아가며 일해주신 분들인데. 안 그래도 비싸고 좋고 맛있는 곳으로 예약해 뒀습니다."

"역시 강 감독, 뭘 좀 안다니까. 그건 그렇고 강 감독 술 먹는 거 오랜만에 보겠네. 전에 몇 병 마셨다고 했지? 10병?"

"사람이 무슨 수로 10병을 마셔요. 마시다 배 터져 죽겠네."

안민영은 흐응, 하는 소리와 함께 고개를 끄덕였지만 믿는 눈치는 아니었다.

"아직도 편집은 혼자 할 생각이야?"

"제 전문 분야는 제가 하려고요. 촬영 중간중간 구상도 끝내놔서 기간 맞춰서 끝낼 수 있을 것 같아요."

"아무리 그래도 서브 하나는 붙이지그래? 강 감독 실력 의심하는 게 아니라, 서브 하나 있는 거랑 없는 게 시간 차이 엄청나잖아."

"괜찮아요."

말이야 맞는 말이지만, 강찬은 혼자 일하는 게 편했다. 물론 돌아오기 전이야 대략적인 맥락만 잡고 결과물이 나온 뒤 그걸 수정하는 방향으로 일을 했지만, 지금은 다르다.

무려 2단계에 달하는 편집이 있는데 무엇하러 다른 이의 손에 맡기겠는가.

하지만 안민영도 물러서지 않았다.

"아, 서브 안 쓰면 스튜디오 안 빌려줄 거야."

"……아니, 내가 내 돈 내고 쓴다는데 뭘 안 빌려줘요."

"왜 안 쓴다는 건데?"

"그게 편하다니까요?"

"쓰면 더 편하다니까?"

그녀와 말씨름을 하던 강찬은 순간 다른 생각이 들었다. 지금까지 안민영은 자신에게 무언가를 요구한 적도 없었으며 무언가를 강제하려 한 적도 없었다.

항상 강찬의 의견을 존중해 주었으며 그가 원하는 것들을 그대로 이루어주었다.

그런 그녀가 이렇게 나온다는 것은.

"그 서브, 누군데요?"

"뭐?"

"아니지. 백중혁 이사님 지시예요? 서브 한 명 붙여서 나 감시하려고? 아니지. 감시해서 얻는 건 없을 테니…… 나한테 기술을 배운다? 그것도 이상한데. 그럼 뭐예요?"

강찬은 이미 백중혁의 지시라는 걸 확신한 듯 안민영에게 물었다. 안민영은 당황한 듯 눈을 크게 떴다가 그의 시선을 피하며 답했다.

"됐어. 그냥 하지 마."

"예."

빛보다 빠른 대답에 안민영이 입술을 물었다.

'저거 절대 스무 살 아니야.'

무슨 스무 살짜리가 저렇게 능청스럽단 말인가. 안민영은 헤실헤실 웃고 있는 강찬의 재수 없는 얼굴을 보며 말했다.

"강 감독은 밀고 당기기 이런 거 몰라? 안 궁금해? 뭔지?"

"어차피 말해줄 거잖아요. 아쉬운 쪽이 내가 아닌 거 같은데."

"아오, 재수 없어."

"칭찬으로 듣겠습니다. 어차피 들킨 거 말씀해 주시죠. 들어 보고 괜찮다 싶으면 서브 쓸게요."

안민영은 짧은 한숨을 연달아 쉬더니 강찬을 노려보며 말했다.

"감시는 아니고 회유."

"감시 맞고만 뭘."

"겸 기술도 배우고. 뭐 그런 거지."

"제 기술이요?"

"강 감독 편집 잘하는 편이잖아. 서브들이 보고 배우기도 좋고, 자극받기도 좋고."

강찬은 천천히 고개를 끄덕였다. 서브가 필요해서라기보다는 서브가 붙어 있다면 밥값 걱정은 안 해도 될 거라는 생각이 들었기 때문.

"밥은 그 사람이 사겠네요?"

"……악마야?"

"회유책이라면서 그 정도도 못 해주나?"

안민영은 끙 하는 소리를 내더니 이내 고개를 끄덕였다.

"그럼 편집은 저랑 서브가 하고 VFX랑 BGM, 그리고 오디오 믹싱, 그리고 스튜디오만 부탁드릴게요."

"오케이."

안민영과의 딜이 끝난 강찬은 곧바로 촬영에 들어갔다.

촬영의 마지막 날 또한 순탄하게 촬영을 마치고, 마지막 슬레이트가 탁! 소리와 함께 쳐졌다.

"수고하셨습니다!"

"수고하셨습니다!"

사방에서 수고했다는 인사와 함께 환호가 오갔다. 독립 영화긴 하지만 처음으로 극장에 걸리게 될 영화를 끝낸 강찬은 뭉클해지는 가슴에 코끝을 문질렀다.

그러다 강찬은 저 멀리서 웃고 있는 안민영의 얼굴을 보고선 웃음을 터뜨리고 말았다.

그녀가 말했던 '이제 고생 시작이다'라는 말이 떠올랐기 때문이었다.

'맞지, 이제 고생 시작이지.'

강찬은 미소를 지으며 고개를 끄덕였고 그렇게 '악당'의 촬영이 마무리되었다.

촬영이 마무리된 다음 날, 강찬은 바로 영일 미디어아츠로 출근했다.

촬영한 영상을 편집하기 위해서는 꽤 큰 용량의 하드와 괜찮은 사양의 컴퓨터가 필요한데 강찬의 집에 있는 놈은 수명이 간당간당했다.

그렇기에 안민영에게 스튜디오를 구해 달라고 했고, 그녀는 영일 미디어아츠 편집실 중 남는 곳을 빌려주었다.

영일에는 편집만 전문으로 하는 팀이 3개 있었는데 한 팀당 구성원은 4~5명이었으며 실력에 따라 A, B, C팀으로 불렀다.

강찬이 출근하게 된 편집실은 C팀의 작업실이었는데, C팀 전체가 다른 회사로 작업을 나가 몇 달 정도가 빈다고 했다.

아침 8시. 출근하는 인파들과 함께 편집실에 도착한 강찬은 자신이 가져온 파일들을 정리하고 암호를 걸었다. 물론 백업의 백업까지 준비해 둔 상황이긴 하지만 혹시나 어떤 상황이 발생해 파일이 날아갈지도 모르기 때문이었다.

"자, 그럼 시작해 볼까."

서브는 아직 도착하지 않은 상황, 강찬은 먼저 작업을 시작했다. 그리고 얼마나 지났을까. 헤드셋을 쓰고 있던 강찬의 옆으로 그림자가 드리웠다.

서브가 왔다 생각한 강찬이 헤드셋을 벗은 뒤 뒤를 돌아보고 인사를 건네기 위해 입을 벌린 순간.

"어……."

강찬의 말문이 막혔다.

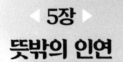

◀ 5장 ▶
## 뜻밖의 인연

고급 일식집.

중절모 아래로 보이는 성성한 흰머리. 거기에 감색 양복을 입은 노인 박한길과 탄탄한 체구와 정돈된 흰 수염이 인상적인 노인 백중혁, 두 사람이 식사를 하고 있었다.

두 사람은 푸짐하게 차려진 음식에는 손도 대지 않은 채 서로를 바라보고 있었다. 그것도 잠시, 언짢은 표정으로 팔짱을 끼고 있던 백중혁이 입을 열었다.

"그 나이 먹고 남이 침 발라놓은 걸 탐내고 싶나?"

"침이 뭔가, 침. 그 나이에 어울리는 표현이라 생각하나?"

"논지가 그게 아니지 않나."

박한길은 어깨를 으쓱인 뒤 회를 한 점 집어먹었다. 그 모습에 백중혁은 콧김을 세게 내뿜더니 말을 이었다.

"난 물러설 생각 없네. 애당초 내가 먼저 발견한 원석이야."

"그만한 원석 봤나? 제 스스로 다듬어 빛을 내고 있던데."

박한길은 능구렁이처럼 논지를 피해갔다.

상황이 그렇다.

강찬을 먼저 발견한 것은 백중혁. 그쪽으로 밀고 나오면 박한길의 입장에서는 할 말이 없었다.

하지만 어쩌겠는가, 탐이 나는걸.

어지간하면 포기하겠지만 상대가 백중혁인 것도 한몫했다.

"그렇게 나온단 말이지."

"그럼 내 반대로 묻겠네. 백중혁이 자네가 내 상황이라면 포기할 것 같은가?"

"되도 않는 소리 하지 말게나."

역시 안 먹히나, 하는 표정을 지은 박한길은 특유의 입꼬리를 말아 올리는 미소를 지으며 젓가락을 내려놓았다.

그러곤 탁자에 팔을 올리고 깍지를 끼며 백중혁과 눈을 맞추고 말했다.

"우리가 아무리 말을 한다 한들 어차피 선택은 그 아이의 몫 아닌가?"

"선택지가 하나라면 굳이 고민할 필요도 없지 않겠나."

"근데 두 개니 문제가 되는 것이지. 아, 자네가 포기하면 하나가 되겠구만?"

박한길의 말에 백중혁은 어이가 없다는 듯 허, 하고 한숨을 내쉬었다.

영화판은 경쟁, 그것도 무한 경쟁 사회다. 누가 더 좋은 배우, 감독을 데려가느냐는 돈, 그리고 배경으로 판가름되며 그 선택은 인재에게 달려 있다.

'입이 방정이지……'

박한길과의 술자리에서 취기에 강찬 이야기를 꺼낸 자신의 잘못이었다.

"자네가 이렇게 나온다면, 나 또한 가만히 있지 않을 걸세."

"가만히 있지 않으면?"

"그 아이는 이미 내 앞마당에 들어와 있는 상황일세. 그리고 난 자네보다 가진 게 많아. 즉, 줄 수 있는 게 많다는 뜻이지."

회사 크기로만 보자면 영일 미디어아츠가 훨씬 컸다. 박한길의 한길 영화제작소는 한 번에 하나의 영화만 제작하지만, 영일은 네다섯, 혹은 그 이상의 영화를 제작한다.

그걸 아는 박한길이 고개를 끄덕이며 말했다.

"말이야 맞는 말이네만. 우리의 피앙세가 재력만 보진 않을 것 같은데."

어차피 대화로 풀 수 있는 문제가 아니었다. 백중혁은 사용하지도 않은 젓가락을 슥 바라본 뒤 짧게 혀를 찼다.

"영양가 없는 대화는 이만하지. 결론은 이걸세. 박 소장 자네가 아무리 높은 조건을 제시해도 난 그것보다 좋은 조건을 제시할 걸세. 그러니 제 살 깎아 먹는 짓은 적당히 하자는 거지."

"그러게나. 영양가 있는 식사나 하게나. 이 집 회가 아주 맛있어. 아, 나중에 강 감독이랑 한번 와야겠구먼."

그렇게 하겠다는 것인지, 자네나 그리하라는 것인지 모를 대답에 백중혁은 미간을 구겼다.

박한길 저놈과 대화를 해봤자 결론이 나진 않을 터, 그렇다면 강찬의 혼을 빼놓는 게 더 빠를 것이다.

고개를 주억인 백중혁은 그제야 젓가락을 들었다.

강찬은 자신의 뒤에 선 사람의 얼굴을 보고 말문이 막혔다. 그것도 잠시, 강찬은 한숨과 함께 말했다.

"……PD님이 왜 거기서 나와요?"

"짜잔!"

"짜잔은 얼어……."

얼어 죽을, 하고 말하려 했지만, 안민영 PD는 그보다 열 살은 연상. 뒷말을 삼킨 강찬은 안민영의 뒤쪽으로 시선을 던지며 말을 이었다.

"진짜 서브는 어디 있어요?"

"나라니까?"

그녀가 당당히 말하자 강찬이 짧게 한숨을 쉬곤 손가락 두 개를 펴며 말했다.

"첫째, 안 PD님은 이름 그대로 PD시라 편집 배울 필요가 없습니다. 둘째, PD시기 때문에 이제부터 다른 팀하고 스케줄 조율하느라 몸이 두 개라도 모자라게 바쁘실 텐데 저랑 편집실에서 노닥거릴 시간이 없죠. 그래서 아닙니다."

조목조목 따지는 강찬의 말에 할 말이 없어진 안민영은 입술을 비죽거리더니 이내 팔짱을 끼며 말했다.

"사람이 놀리는 재미가 없어. 밥 아직이지?"

그녀의 말에 시계를 보자 벌써 점심때였다. 강찬이 고개를 끄덕이자 안민영은 고갯짓으로 문밖을 가리키며 말했다.

"밥 먹으면서 서브 소개시켜 줄게."

"얼마나 귀하신 분이기에 안 PD님이 직접 소개를 해주세요?"

강찬 딴에는 농담이었지만 안 PD의 미간이 살짝 굳었다 풀어졌다. 그녀의 표정을 본 강찬이 물었다.

"설마 진짜 귀한 분이에요?"

"이제 좀 궁금하신가 봐?"

그녀는 대답해 줄 생각이 없다는 듯 문을 열고 나갔다.

강찬은 궁금하다는 듯 눈썹을 찡그렸다가 그녀의 뒤를 따라 나갔다.

"뭐 먹을래?"

"비싼 거요."

"소?"

"좋죠."

두 사람이 대화를 나누며 엘리베이터 앞으로 걸어갈 때, 마침 엘리베이터가 열리며 여자 한 명이 내렸다.

얼굴의 반을 가리고 있는 선글라스와 마스크, 거기에 볼 캡까지 눌러쓴 모습. 연예인이라도 되는 모양이었다.

궁금하긴 했지만 계속 보는 건 실례라 강찬이 옆으로 비켜섰을 때, 그녀가 강찬의 앞에 섰다. 그러곤 마스크를 슥 내리며 말했다.

"강 감독님?"

"예?"

그녀가 선글라스를 쓱 벗으며 강찬과 눈을 맞추었다. 어디서 본 눈매인데? 하고 생각할 때 그녀가 안민영을 바라보며 말했다.

"언니, 금방 온다면서."

"아, 미안. 얘기 좀 하느라."

사과를 한 안민영은 강찬과 의문의 여인 앞에 서더니 강찬을 가리키며 말했다.

"알고 있겠지만 이쪽은 강찬 감독. 그리고 이쪽은……."

선글라스를 한 손에 쥐고 있던 그녀는 마스크와 볼 캡까지 벗은 뒤 한 손으로 머리를 정리했다.

그 모습이 마치 샴푸 광고 모델 같다는 생각하고 있을 때, 그녀가 강찬을 바라보며 말했다.

"서브로 같이 일하게 된 백현주예요."

백현주. 어디서 들어본 이름이었다.

어디서 본 듯한 눈매와 백씨라는 성씨, 그리고 안민영이 말했던 '회유책'이라는 단어가 강찬의 머릿속에서 조합되었고 곧 한 명의 인물이 떠올랐다.

"설마 백중혁 이사님의 손녀분……."

"어? 아시네요?"

백현주.

백중혁 이사의 손녀딸. 배우이자 모델이며 서른이 조금 넘는 나이에 영화감독으로 데뷔해 전쟁 스릴러라는 다소 남성적 장르의 영화로 감독상과 함께 최우수 작품상을 타게 되는 여자였다.

배우와 모델을 할 정도의 외모, 금수저를 물려줄 수 있는 집안, 거기에 능력까지 갖춘 데다가 불의에 참지 않고 내지르는 성격 덕에 모든 여성의 워너비가 되었던 여자가 바로 백현주.

생각지도 못한 인물의 등장에 강찬이 빤히 바라보자 그녀는 다시 한번 머리를 넘기며 강찬과 눈을 맞추었다.

외모에 어지간히 자신이 있는 모양.

강찬의 놀란 얼굴을 본 그녀가 말했다.

"그렇게 안 놀라서도 되는데."

"아, 아뇨."

놀라는 이유는 그게 아니다.

강찬이 '하루'를 찍기 직전, 감독으로 픽업이 될 뻔한 적이 있었다. 하지만 백현주가 그 시나리오에 관심을 보였고 결국 그녀에게 시나리오가 넘어갔었다.

물론 그 일에 앙금이 남아 있진 않았다.

그 영화를 넘긴 뒤 그가 쓴 시나리오인 '하루'가 픽업 되고 자신이 감독이 되어 영화를 찍을 수 있었으니까.

게다가 당시의 백현주는 자신보다 뛰어난 커리어와 센스로 인정을 받고 있던 상태였다.

'물론 아예 없다곤 못 하겠다만.'

강찬은 백현주를 좋아했으면 좋아했지 딱히 싫어하진 않았다.

그녀는 피와 살이 튀고 총과 폭탄이 난무하는 영화를 즐겼다. 그러면서도 센스 있는 연출과 여성 감독 특유의 섬세한 감정선을 놓치지 않으며 이야기를 풀어 갔고 꽤 많은 팬을 확보

했었다.

강찬 또한 그녀의 팬 중 하나였고.

'그런 백현주가 내 서브라니.'

지금은 2006년. 그녀가 강찬보다 3살 많았으니 이제 스물셋일 터. 그렇다면 지금의 백현주는 모델과 배우 일을 하며 이제 막 영화 제작에 관심을 보이고 있을 때였다.

'재밌겠는데.'

어찌 보면 자신과 같은 스타일이다. 물론 강찬은 총과 폭탄이 난무하는 전쟁보다는 육체로 하는 액션을 즐기긴 했지만, 감정선을 중시하는 것은 비슷했다.

강찬이 미소를 지으며 손을 내밀었다.

"반갑습니다. 강찬입니다."

순간 달라진 태도에 백현주가 호, 하는 감탄사와 함께 눈썹을 들썩였다. 시원시원하게 뻗은 눈썹과 커다란 눈이 강찬의 얼굴에 고정되었다.

"저도 반가워요."

두 사람이 손을 잡고 흔들었지만 먼저 놓는 사람은 없었다. 강찬은 그 나름대로 뜻밖의 인연에 대해 생각을 하고 있었고 백현주는 강찬의 변화를 보기 위해 손을 잡고 있었다.

'백중혁 이사님이 강수를 뒀구나.'

백중혁의 손녀딸 사랑은 유명하다. 그런 백현주를 강찬에게 붙여주었다는 것은 그만큼 강찬의 실력을 인정한다는 한편, 그를 자신의 편으로 끌어들이겠다는 포부의 표현이나 마찬가지였다.

문제는.

'왜?'

백중혁이 강찬에게 백현주를 붙인 이유. 그게 궁금했다.

자신을 끌어들이기 위해서라면 더 확실한 방법, 돈이 있다.

한데 백현주를 보낸 이유가 무엇일까?

'너무 깊게 생각한 건가.'

단순히 생각하면 간단하다. 네가 무엇을 원하든 난 널 데려올 생각이라는 의미. 물론 의미가 그렇다는 거지 백현주를 내주진 않을 것이었다.

'중세시대도 아니고.'

그건 백중혁에게 직접 물어보면 될 터.

'제대로 부려먹어야겠는데.'

물론 악감정은 없다. 몇 년 전 일인데 아직 악감정이 남아 있을 리가. 그저 이왕 가르치는 거 제대로 가르치려는 참된 교육열이 불타오를 뿐이었다.

보이지 않는 기 싸움에 들러리가 되어버린 안민영은 허, 하고 한숨을 쉬며 말했다.

"그러다 정분나겠다?"

그제야 누가 먼저랄 것도 없이 손을 놓은 두 사람이 동시에 말했다.

"그럼 가죠."

"밥 먹으러 가죠."

두 사람이 엘리베이터에 오르자 안민영이 두 사람이 사이에 서고 엘리베이터의 문이 닫혔다.

'……이거 실수한 거 같은데.'

묘한 기류 사이에 선 안민영은 자꾸 나는 한숨을 참으며 엘리베이터가 1층에 도착하기만을 염원했다.

식사하는 동안 별다른 대화는 없었다. 그렇다고 어색한 분위기라기보다는 전초전의 느낌이었다.

강찬이야 백현주의 성격을 알았지만, 지금은 어떨지 몰라 간을 보는 것이었고 백현주는 강찬이라는 사람이 궁금해 살피고 있었다.

그 사이에 낀 안민영만 죽을 맛이었다. 두 마리 호랑이 사이에 낀 사자 느낌이랄까. 개밥에 도토리랄까.

그 어중간한 느낌 속에 식사를 끝낸 안민영은 일이 있다며 먼저 돌아갔고, 두 사람은 함께 편집실로 돌아왔다.

강찬이 의자에 앉자 그녀가 옆에 앉아 다리를 꼬았다. 여름 인지라 짧은 바지에 흰 티 하나를 걸치고 있었을 뿐인데 연예 인의 태가 났다.

괜히 보고 있다 오해를 살까 봐 강찬이 고개를 돌리자 백현 주가 말했다.

"일단 호칭부터 정리하죠. 전 스물셋이에요."

강찬의 나이가 스물이라는 걸 모르진 않을 터, 강찬은 편집 용 프로그램을 켜며 말했다.

"강 감독이라 부르시면 됩니다. 뭐라 불리시는 게 편하십니 까?"

"저야 이름이 편하죠."

"그럼 현주 씨라 부르겠습니다."

"좋아요."

그녀가 고개를 끄덕이자 강찬이 물었다.

"편집은 어느 정도 하십니까?"

"작년에 미래대 영상학부 졸업했어요."

23살이? 하는 눈으로 그녀를 바라보자 백현주는 '빠른 년생 이라.'라고 덧붙였다.

"그럼 어느 정도는 하시겠네요."

미래대 영상학부를 졸업했고, 편집 일에 지원할 정도라면 어느 정도 기본기는 있을 터. 그렇기에 강찬은 시나리오를 내밀었다.

편집할 때 기본 중의 기본은 스토리다. 이야기가 어떻게 흘러가는지를 알아야 어느 장면에서 어떻게 편집을 해야 하고 또 어떻게 이어 붙일지 감이 오기 때문이었다.

그녀가 시나리오를 읽는 사이 강찬은 편집을 시작했다.

편집의 기본은 결합, 압축, 수정, 구성이라 생각하면 편하다. 결합은 이어 붙이기, 압축은 잘라내며 정리하기, 수정은 덧칠하기, 구성은 전체적인 그림을 그려 나가는 것이다.

간단히 말하면 간단해지지만, 과정 자체는 절대 간단하지 않다.

장면을 어떻게 뽑아야 하는가를 선택하는 기술적인 작업, 거기에 미학적인 판단을 포함하고 있기에 같은 화면일지라도 편집 기법에 따라 그 의미와 메시지가 완전히 달라지기 때문이다.

그렇기에 편집에 들어가기 전, 편집팀에게 감독이 원하는 것이 무엇인지를 정확하게 보여주는 것이 필요하다.

물론 이번 경우에는 강찬이 모든 것을 주도하고 반복 작업이나 간단한 수정 같은 것만 서브에게 맡길 예정이니 큰 상관은 없지만, 해서 나쁠 것은 없는 작업이었다.

강찬이 한 시퀀스의 편집을 마칠 때쯤, 백현주가 말했다.

"다 읽었어요."

"빠르시네요."

"속독을 배웠거든요."

아, 네, 하고 대답한 강찬은 방금까지 작업한 영상을 화면에 재생시키며 말했다.

"제 스타일은 이렇습니다. 배경이나 소품 같은 환경 요소보다는 배우에게 집중해서 감정선을 끌어내고 관객들이 배우에게 몰입하게 만들어 그 감정에 동조하고, 또 배우가 연기한 감정을 그대로 느끼게 하는 게 목표죠."

강찬의 말과 재생되는 장면을 본 백현주가 천천히 고개를 끄덕였다. 편집이라고 하기도 뭐한, 신 넘버 순서대로 이어 붙인 장면이었지만 그럭저럭 스타일은 알 수 있었다.

장면이 끝나자 백현주가 말했다.

"확실히 감독이시네요. 되게 대충 하신 것 같은데 군더더기가 없어요."

"칭찬으로 듣겠습니다."

"그럼요."

그녀가 미소를 짓더니 말을 이었다.

"화면 전환할 때 연결 장치로 컷만 사용하시는 이유가 따로 있나요?"

"아뇨. 현주 씨 보여주기 용이라 컷만 쓰는 거고, 상황에 맞춰 페이드, 디졸브, 와이프 다 쓸 겁니다."

영상에서 장면과 장면 사이를 이어주는 장치 중 가장 많이 쓰이는 것이 컷이다. 아무런 효과 없이 바로 다음 장면으로 넘어가는 것을 컷이라 한다.

컷에도 액션 컷팅이나 리액션 컷팅, 오디오 컷팅 등 많은 컷팅 기법이 있지만 바로 다음 화면으로 넘어가는 것은 같다.

"흠. 알겠어요. 그럼 전 뭘 하면 되나요?"

"일단 실력부터 보죠."

실력을 알아야 일을 시키기 편한 것은 어느 현장이나 마찬가지. 강찬이 말을 이었다.

"제 스타일대로 말고, 현주 씨 스타일대로 한번 해보세요. 43번부터 45번까지."

그녀는 고개를 끄덕이곤 편집을 시작했다. 기계와 프로그램을 다루는 솜씨를 보니 한두 번 해본 것은 아닌지 잘 다루긴 했지만 능숙하진 않았다.

'인턴 정도'

한 10분 정도 보고 있자 그녀의 실력에 대해 감이 잡혔다.

장면 장면 사이 센스가 보이긴 하지만 아직은 딱 인턴 정도의 실력.

'그럼 본론으로 들어가 볼까.'

강찬은 맨입으로 그녀를 가르쳐 줄 생각이 없었다. 하물며 백중혁 이사의 손녀딸이라면 빚을 지워두는 것만으로도 유용

할 터.

'물론 빚만 지워두진 않을 거지만.'

고개를 끄덕인 강찬이 말했다.

"여기까지 하죠. 아직은 현주 씨가 할 일이 없으니까 한 사흘 정도 푹 쉬다가 출근하시면 될 것 같습니다."

강찬의 말에 백현주의 눈썹이 올라갔다.

"예?"

"전체적인 편집을 하고 기본적인 틀이 잡힌 뒤에야 수정할 게 생길 텐데 아직 손도 안 댄 상태입니다. 그러니 현주 씨가 도울 일이 없고…… 그렇다고 저 일하는 모습 구경하라고 둘 순 없지 않습니까?"

말이야 맞는 말이다.

하지만 강찬이 사흘 뒤에 그녀를 부를지는 미지수. 게다가 방금 편집한 영상만 보아도 그에게 백현주의 도움은 필요한 것 같지 않았다.

분하긴 하지만 인정할 수밖에 없는 상황. 게다가 백현주는 자신의 의지로 강찬의 서브로 온 것도 아니었다. 그러나 이대로 물러설 수 없었다. 할아버지인 백중혁의 말이 있었기 때문이었다.

"우리 회사에 도움이 될 만한 사람이다. 네 실력에도 그렇고.

그러니 잘 배우고 또 돕거라."

백중혁은 상벌이 확실한 사람이다. 그가 말한 것을 제대로
해내면 분명 상이 있을 터.

그런데 출근한 첫날 시나리오만 읽고 퇴근하게 된 것이다.

심지어 언제 다시 출근할지도 모르는 상황.

잠깐 고민하던 백현주는 고개를 돌려 강찬과 눈을 맞추었
다.

"오케이. 내가 졌어요."

"……예?"

"솔직히 얘기할게요. 할아버지께서 저한테 얘기하셨어요.
강 감독님 옆에서 배우라고. 그러면서 우리 회사에서 일하게
조금씩 설득하라고요."

솔직하다 해야 할까, 배짱이 두둑하다 해야 할까. 강찬이 그
녀와 눈을 맞추자 백현주가 말을 이었다.

"근데 말하는 거나 날 대하는 거 보면 이미 다 알고 있는 거
같네요. 맞나요?"

강찬은 대답 대신 슬쩍 미소를 지었다. 그러자 백현주가 하,
하고 한숨을 내쉬었다.

"할아버지가 탐내는 사람이라 할 때부터 알아봤어야 하는
데. 어쨌거나 일이 이렇게 됐으니 터놓고 이야기하죠. 서브가

아니라 어시스턴트, 뭐 조수 그런 거로 옆에서 배우게 해줘요."

그녀 성격에 미인계로 사용되는 미인을 자처하진 않았을 터. 게다가 그런 걸 참고 있을 성격도 아니었다.

며칠이나 있다 터지지 않을까 했는데 반나절도 안 돼서 나올 줄이야. 어쨌거나 원하는 대로 이야기가 흘러가자 강찬이 말했다.

"그럼 저한테 오는 게 뭡니까?"

"……예?"

"말 그대로입니다. 내가 현주 씨를 가르쳐 줄 순 있습니다. 서브가 아니라 조수로요. 하지만 내 시간이 소모되겠죠. 맞습니까?"

"……그렇죠?"

"그럼 제 시간을 투자한 만큼 오는 게 있어야 하지 않겠습니까?"

백현주는 이런 전개는 예상하지 못했는지 흠, 하고 비음을 흘리며 미간을 찌푸렸다.

"뭘 원하세요? 돈?"

"그런 속물은 아닙니다만."

"그럼?"

투자한 만큼 오는 것. 지금 강찬에게 필요한 것은 인재와 시간이다. 만약 백현주를 자신의 사단에 끌어들일 수 있다면 좋겠지만.

그녀의 앞길을 막을 순 없는 노릇.

'……아니지.'

그녀가 영화를 찍고 싶다 할 때 놓아주면 되는 것이다. 그때까지 잘 가르쳐서 편집팀으로 사용하면 되는 것이고.

그러면서 백중혁에게 수업료도 받고, 또 백현주에게는 다른 의미의 수업료를 받을 수 있을 터.

천천히 고개를 끄덕인 강찬이 그녀를 바라보며 말했다.

"일단 달아두죠."

"뭘요?"

"수업료?"

"……나중에 뭘 요구할 줄 알고 달아둬요?"

"싫으면 그대로 퇴근하시면 됩니다. 출구는 저쪽입니다."

강찬의 말에 백현주가 미간을 팍 찌푸렸다가 이내 고개를 저었다.

"생각보다 되게 계산적이시네요?"

"팍팍한 사회잖습니까."

"나한테는 다정한 사회던데."

"저는 팍팍한 사회에서 자라서. 그래서 어떻게 하시겠습니까?"

백현주는 짧은 한숨을 쉬었다. 그녀의 할아버지인 백중혁이 두 눈을 부릅뜨고 있는 이상 수업료를 빙자한 뻘짓은 하지 못할 것이다.

생각을 굳힌 그녀가 고개를 끄덕이며 답했다.

"그래요. 달아두죠."

"잘 생각하셨습니다."

강찬이 손을 내밀자 다시 한번 악수를 한 그녀가 눈을 흘기며 말했다.

"날 이렇게 대한 사람은 강 감독님이 처음이에요."

"전 그 말을 입 밖으로 내뱉는 사람을 처음 보는데요. 드라마를 너무 많이 보신 거 아닙니까?"

"걱정 마요. 로맨스의 시작이 아니라 스릴러의 시작이니까요."

연기인지 진심인지 모를 싸늘한 눈빛에 강찬은 등골에 소름이 돋는 것을 느꼈다. 어릴 때부터 배우를 해서 그런지 눈빛이 살아 있었다.

강찬이 눈을 피하자 그녀는 아하하, 하고 시원한 웃음을 터뜨렸고 그 모습에 강찬 또한 미소를 지으며 말했다.

"그럼 잠깐 쉬었다가 시작하죠."

말을 마친 강찬은 편집실 밖으로 나와 핸드폰을 들었고 백중혁의 번호를 찾아 전화를 걸었다.

"예, 이사님. 강찬입니다. 혹시 한번 뵐 수 있을까요?"

-어…… 미안하네만 오늘 내가 해외로 출장을 간다네.

미안함이 가득 담긴 톤이었지만 어쩐지 수화기 건너 백중혁의 미소가 보이는 기분이었다.

'이 상황에 해외 출장이라.'

-급한 일인가?

"아뇨. 급한 일은 아닙니다만. 손녀분 이야기입니다."

-아, 그렇지. 오늘부터 현주랑 같이 일하지? 모자란 점이 많은 아이일세. 잘 부탁하네.

"한 가지만 여쭈어도 되겠습니까?"

-음…… 미안하네. 지금 비행기를 타야 해서 말일세. 그럼한국에 돌아가서 이야기하세나.

강찬의 질문이 무엇인지 대충 예상을 한 것인지 그는 빠르게 말한 뒤 전화를 끊었다. 강찬은 끊긴 핸드폰 액정을 바라보며 생각했다.

'이 양반 보소.'

강찬이 물으려 한 것은 백현주를 자신에게 맡긴 의도였다. 그걸 물으며 자연스럽게 수업료에 대해 물꼬를 트려 했더니 사전에 차단해 버린 것이다.

'굳이 지금 할 필요는 없지.'

대화를 피했다는 것 자체가 강찬에게 빚을 지고 있다는 것을 인정하는 것이나 다름없다. 그러니 그가 해외에서 돌아올 때까지 기다리며 무엇을 받아낼지 생각하면 된다.

'뭘 받을까.'

제일 필요한 것은 한국 개봉을 위한 배급사였다. 하지만 그에게 배급사를 요구하는 순간 강찬은 박한길 소장이라는 카드를 포기해야 한다.

박한길과 백중혁.

둘 다 포기하기에는 너무 큰 카드. 하지만 둘 다 품에 안고갈 수는 없다. 둘 중 하나는 반드시 포기해야 하고 그렇다면 그에게 최대한의 이득을 안겨다 줄 쪽을 골라야 한다.

편집실 문 앞에 선 채 고민을 하던 강찬은 이내 고개를 휘휘 저었다. 아직 영화의 제작이 끝나지도 않은 상황. 두 사람이 가진 패를 모두 보여줄 때까지 더 간을 보아도 될 것이다.

'그럼 백현주나 갈…… 아니, 가르치러 가볼까.'

재능이 있는 친구니 조금만 가르쳐도 쭉쭉 성장할 터, 그녀가 자신의 영화로 데뷔할 때까지 몇 년간은 유용하게 써먹을 수 있을 것이었다.

미소를 머금은 강찬은 콧노래를 부르며 편집실로 들어갔다.

강찬이 후반부 작업에 힘을 쏟고 있을 때, 서대호는 영일 미디어아츠에 인턴으로 들어가 현장을 체험하고 있었다.

주로 조감독의 서브로 일을 했는데 일이 없는 날에는 다른 스태프 팀의 막내로 들어가 일용직처럼 일하기도 했다.

강찬의 현장에서 일을 배운 것도 있고 본인 스스로 공부를 한 것도 있었기에 어느 현장에 데려다 놓아도 1인분은 할 수 있을 것으로 보였고, 사실이 그랬다.

숙면 능력이 발아한 후 하루 2시간만 자도 충분해진 강찬은 편집실에 살다시피 했다. 그러던 어느 날, 서대호가 찾아왔다.

두 사람은 회사 옥상으로 올라가 벤치에 앉았다.

"얼굴 볼 시간도 없네."

"굳이 시간을 내면서까지 네 얼굴을 보고 싶진 않은데."

강찬의 진심 어린 농담에 서대호가 푸흐흐, 하고 웃음을 흘렸고 그의 정겨운 웃음소리에 미소를 지은 강찬이 물었다.

"일은 배울 만해?"

"네 현장에서 너무 하드코어 하게 배워서 그런지 오히려 편하다. 하루 일 끝내면 퇴근할 수 있다는 게 이렇게 행복한 건 줄 몰랐어. 잠을 내 방 침대에서 잘 수 있다는 것에 행복을 느낄 수 있게 해준 너한테 감사하고 있다."

하긴, 촬영 하나 끝날 때 3~40분씩 쪽잠을 자는 것으로 거의 세 달을 생활했으니 죽을 맛이긴 했을 것이었다.

서대호를 바라보던 강찬의 시선이 그의 머리 위로 향했다.

'언제쯤 발아하려나.'

그의 머리 위로 솟아난 능력의 씨앗을 본 게 어언 두 달 전이다. 그 이후 강찬은 영화 촬영을 하며 그를 발아시키기 위해 노력했지만, 서대호의 씨앗은 촬영이 끝날 때까지 발아하지 못했다.

이여름 때처럼 무언가 폭발적인 사건이 있어야 하는 것인지, 아니면 능력의 성장이 덜된 것인지는 모른다.

그렇기에 더 두고 보아야 할 터.

강찬의 생각이 끝나갈 무렵, 서대호가 강찬을 바라보며 물었다.

"넌 어때."

"잘 되어가지. 이상한 서브도 하나 붙었고."

"이상한 서브? 아 맞다, 네 서브 백중혁 이사님 손녀라며? 게다가 엄청 예쁘고?"

"엄청까지는 아니고."

"에이, 전에 찾아보니까 장난 없더만. 너 설마 몸이 멀어졌다고 마음도 멀어진 건 아니지?"

여진주를 말하는 것일 터. 강찬이 헛웃음을 흘리자 서대호가 그의 어깨를 두들기며 말했다.

"괜히 두 마리 토끼 잡으려다 둘 다 놓치지 말고 있을 때 잘해라."

"남 걱정 마시고 네 연애나 신경 쓰세요. 제수씨는 잘 계시냐."

"그럼. 네 현장에 있을 때는 일주일에 한 번도 볼까 말까 했는데 요즘은 하루가 멀다고 만나니까 얼마나 좋은 줄 아냐."

"좋겠네."

서대호 또한 자신의 자리에서 잘하고 있는 것 같아 보기 좋았다. 아직 능력 발아를 시키지 못한 게 좀 걸리긴 했지만, 어차피 서대호와는 다음 영화까지 함께 갈 것이니 초조함이 들진 않았다.

외려 어떤 능력이기에 이렇게까지 자신을 애끓게 하는지 기대가 될 뿐이었다.

"벌써 시간이 이렇게 됐네. 가야겠다."

시시콜콜한 대화를 나누던 서대호는 시계를 보더니 화들짝 놀라며 일어섰다.

"그래, 고생하고."

"오케이. 수고!"

어느새 강찬이 영일에서 편집 일을 시작한 지도 2주일이 지났다.

백현주가 같은 층을 사용하는 사람들과 안면을 트고 친하게 지내는 반면, 강찬은 화장실과 식사 시간 두 가지를 제외하면 편집실 밖으로 시선조차 던지지 않았다.

그사이 박한길에게 연락이 왔다.

"예, 강찬입니다."

-박한길 소장일세. 오늘 저녁에 시간 괜찮나?

근 2주간 백중혁도, 박한길도 아무런 연락이 없던 차라 두 사람이 휴전에 들어갔나 싶었는데 아닌 모양.

"예. 박한길 소장님이 보자고 하시면 없는 시간이라도 만들어야죠."

그의 말이 마음에 들었는지 박한길은 하하, 하고 웃더니 약속 장소와 시간을 말한 뒤 그곳에서 보자 하고 전화를 끊었다.

"지금이 2시니까……."

박한길과의 약속 시각은 7시. 앞으로 남은 시간은 다섯 시간이었다. 전화를 끊은 강찬이 다시 편집에 몰두하려 할 때, 그의 전화가 다시 울렸다.

번호를 보니 에일렌이었다.

"오랜만입니다."

-그러게요. 저번에 커피 마신 이후로 처음 연락하네요.

"그동안 잘 지내셨어요?"

-누가 주신 일 덕분에 바쁘게 보냈죠. 감독님이 더 바쁘셨으

려나? 요즘 TV에 자주 나오시던데.

그간 있었던 일에 대해 대화를 나누는 것도 잠시, 에일렌이 아, 하는 소리와 함께 말했다.

-맞다. 말씀 안 드렸죠? 저 올해 말에 데뷔하게 됐어요.

"축하해요. 나중에 CD 나오면 사인받으러 갈게요."

-하하, 그럼 저도 나중에 사인해 주세요. 영화 티켓 들고 갈게요.

강찬의 기억 속 에일렌이 데뷔하는 것은 10월 초, 얼추 시간대가 맞는 것을 보아 강찬의 행보가 그녀의 인생에 영향을 주진 않은 것으로 보였다.

-이걸 말하려고 전화한 게 아닌데. 전에 말씀하셨던 OST 있잖아요. 완성돼서 메일로 보냈으니까 확인해 보시고 수정 사항 같은 거 있으면 말씀해 주세요.

"감사합니다. 그럼 확인 후 다시 연락드릴게요."

-네. 그럼 수고하세요.

"데뷔 파이팅입니다."

강찬이 전화를 끊을 때, 식사를 마치고 들어온 백현주가 강찬을 바라보며 말했다.

"전화하시는 것 같던데 표정이 좋으시네. 여자분?"

"네."

"오…… 여자 친구?"

"그런 건 아니고. 일단 이것부터 들어보세요."

대화하는 사이 에일렌이 보내준 음악을 내려받은 강찬이 노래를 재생시켰다. 노래의 제목은 Hero. 한글로 하자면 영웅이라는 뜻이었다.

영화의 제목인 악당과 어울리면서도 대비되는 상당히 마음에 드는 제목. 강찬이 고개를 끄덕일 때 전주가 흘러나왔다.

OST라는 것을 염두에 둔 것인지 전주가 꽤 길었다. 조금 느린 템포의 피아노 선율이 흘러나왔고 곧 바이올린이 더해졌다.

피아노와 바이올린의 합주는 서정적으로 이어지다 곧 조금씩 템포를 올리더니 에일렌의 허스키한 목소리가 흘러나오기 시작했다.

"영어네?"

당연히 한국어로 노래할 것이라 생각했던 강찬을 뻥 차버리듯 영어로 된 가사였다. 강찬이 해외에 출품할 것이라 말했던 것을 기억하고 영어로 가사를 쓴 듯했다.

초반에는 허스키하며 낮은 듯한 목소리가 짙게 호소했고, 잔잔한, 마치 클래식 같았던 음악은 에일렌의 폭발적인 성량이 더해지며 모던 팝처럼 변했다.

음악이 아니라 뮤지컬처럼 1막과 2막이 나뉘는 느낌.

눈을 감고 음악을 감상하던 강찬은 노래가 끝난 뒤에도 눈을 감은 채 여운을 즐겼다.

'역시 에일렌이구나.'

하루 만에 강찬이 만족할 만한 광고 음악을 뽑아냈던 에일렌이다. 그녀가 거의 세 달에 가까운 시간을 투자한 만큼 음악의 퀄리티는 어디 하나 흠잡을 곳이 없이 완벽했다.

그 반증으로.

"대박. 노래 진짜 좋다. 누구 노래예요? 처음 듣는 목소린데. 어느 나라 가수지?"

눈을 동그랗게 뜬 백현주가 호들갑을 떨고 있었다. 그 모습에 씩 미소를 지은 강찬이 말했다.

"악당 OST인데요."

"예? 에이, 거짓말. 발음 보니까 영국 가수 같은데. 내가 그런 것도 모를 줄 알아요?"

"현주 씨가 말하는 그런 게 뭔지 모르겠는데, 내가 보기에는 모르는 것 같습니다마는."

강찬의 말에 미간을 찌푸린 백현주는 강찬의 모니터를 보고 파일의 이름을 확인했다.


[HERO - Aillen (영화 '악당' OST)]


"에일리언?"

"……에일렌."

하긴 에일리언과 철자가 비슷하긴 하다. 강찬이 실소를 흘리자 백현주가 팔짱을 끼며 말했다.

"진짜네. 세상에, 강 감독님 생각보다 글로벌하게 노시네요?"

"에일렌 한국 사람입니다. 정확히는 교포긴 하지만."

"오늘따라 못 믿을 말을 많이 하시네. 이런 노래를 하는 사람이 아직 데뷔도 안 했고, 그런 사람을 강 감독님만 알고 있고, 또 그 사람이 강 감독님의 OST를 제작해 줬다?"

"정확합니다."

백현주는 강찬은 헛소리를 하는 사람이 아니라는 것을 알고 있었다. 2주일이라는 시간 동안 그를 겪으며 몸소 느꼈기 때문.

강찬이 오늘 일을 끝내지 못하면 퇴근은 없다고 말했던 날, 강찬은 정말로 그녀가 일을 모두 끝낼 때까지 집에 보내주지 않았다. 결국, 백현주는 모든 일을 끝낸 뒤 새벽 4시가 되어서야 퇴근할 수 있었다.

그가 스파르타 방식으로 가르친다 했을 때 코웃음을 치며 그러라 했던 백현주는 사흘 만에 자신의 말을 후회했다.

아무리 스파르타라도 이 정도까지는 하지 않을 거라고 비명을 질렀지만, 강찬은 눈 하나 깜빡하지 않았다.

말문이 막힌 백현주를 대신해 강찬이 말을 이었다.

"아마 10월쯤 데뷔할 거니까 그때부터는 방송으로 볼 수 있을 겁니다."

강찬이 못을 박자 더 할 말이 없어진 백현주는 미간을 찌푸렸다가 입술을 내밀었다가 결국 팔짱을 끼며 자리에 앉았다.

표정으로 펼쳐지는 일인극을 관람하던 강찬은 미소를 지은 뒤 히어로를 다시 한번 재생했다.

영화와 음악은 떼놓을 수 없는 관계다. 무성영화의 시대가 가고 유성영화의 시대가 오면서 음악은 영화 제작의 한 축을 담당하기 시작했고, 감정을 고조시키거나 차분하게 가라앉히는 등 영화적 장치로 사용되고 있다.

단편적인 예로 공포 영화.

공포 영화에서 사용하는 BGM은 사람들의 긴장감을 높이는 데 엄청난 역할을 한다. 그래서 나온 말이, 공포 영화를 볼때 귀를 막으면 하나도 안 무섭다는 말이 있지 않은가.

"다시 들어도 정말 좋네요."

"저도 그렇게 생각합니다."

"90분짜리 영화에 드라마처럼 막 넣을 순 없을 거고, 어떻게 하실 생각이세요?"

"클라이맥스, 그리고 중요한 장면에만 잘라 넣을 생각입니다. 그리고 엔딩 크레딧 올라갈 때 풀 버전으로 틀고."

강찬의 말을 들은 백현주가 천천히 고개를 끄덕였다. 이런 음악이라면 어느 부분에 넣더라도 관객들의 마음을 사로잡을 수 있을 것이다.

'거기에 좋은 장면까지 더해진다면?'

그것을 상상한 백현주가 가볍게 고개를 끄덕이며 말했다.

"기대되네."

강찬 또한 마찬가지. 어서 편집을 마치고 후반 작업을 끝낸 뒤 관객들에게 보여주고 싶은 마음이 굴뚝 위 연기처럼 솟아나기 시작했다.

에일렌에게 음악을 받고 또 14일이 흘렀다. 편집을 시작한 지 한 달이 지났을 때. 여느 때와 다름없이 일을 하고 있던 백현주가 강찬에게 물었다.

"나 좀 는 것 같지 않아요?"

"뭐가요?"

"파일 봐봐요."

그녀는 프로젝트를 성공적으로 끝낸 직장인처럼 가슴을 편 채로 강찬에게 말했다. 강찬은 그녀가 보낸 파일을 확인했다.

'오.'

자신이 지시했던 수정 사항이 깔끔하게 정리된 것을 볼 수 있었다. 군데군데 센스가 필요한 부분 또한 강찬이 보아도 마음에 들 정도.

"아주 잘하셨습니다. 많이 늘었다고 자기 입으로 말할 만하네요."

백현주를 가만히 보고 있자면 자존심 강한 어린아이 같았다. 가만히 있지 못하고 무언가를 계속하려 한다. 그런 와중에 잘해야 하고 자신이 맡은 일은 완벽해야 한다.

그렇게 생각하고 백현주를 대하자 한결 편했다.

"진짜요?"

"예. 여기 BGM 맞춰서 컷으로 연출한 게 센스가 돋보여서 좋았습니다."

그의 칭찬에 백현주가 방방 뛰며 기뻐하다 강찬의 눈을 보고선 헛기침을 하며 모니터로 시선을 돌렸다.

백현주는 확실히 가르치는 맛이 있는 학생이었다. 습득이 빠른 데다가 자존심이 강한 탓에 학구열 또한 높았다.

그렇기에 하나를 가르치면 열은 아니어도 두셋은 알았고 응용까지 하는 모습을 보였다.

"그럼 73번 신 6번 장면 전환도 이런 식으로 하는 건 어때요?"

강찬의 칭찬에 탄력을 받은 그녀는 이런저런 제안을 하며 강찬에게 허락을 구했다.

아직은 의욕이 앞섰지만, 강찬도 생각하지 못한 발상을 하기도 해 강찬 또한 그녀가 의견을 내는 것을 즐겼다.

그리고 그때.

**[신규 능력 발아 : 연출 - 1단계]**

'······어라?'

편집 능력이 발아한 후 연출은 발아하지 않기에 자신에게 연출에 대한 재능의 씨앗은 없는가 보다 생각하던 강찬이었다.

한데 누군가를 가르치다가 발아하다니. 강찬이 멍한 눈으로 허공을 바라보자 백현주가 물어왔다.

"왜요? 더 좋은 생각이라도 나셨어요?"

그녀의 물음을 들은 순간, 강찬은 대답 대신 컴퓨터의 앞에 앉아 프로그램을 조작하기 시작했다.

그는 신이 들리기라도 한듯 고도의 집중을 보이며 손을 놀렸고 그렇게 10분 정도가 지났다.

강찬은 완성한 영상을 틀곤 영상이 끝나자마자 백현주에게 물었다.

"어때요?"

"……솔직히 말해도 되죠?"

"그럼요."

"구려요."

그녀의 신랄한 비판에 강찬은 고개를 끄덕였다. 능력이 발아함과 동시에 아이디어가 샘솟아 새로운 연출을 해보았지만, 그의 눈에도 별로였다.

강찬이 허탈하게 웃는 사이 백현주가 말했다.

"연출 자체는 참신한데 뭐랄까 난잡한 느낌?"

강찬 또한 같은 것을 느꼈기에 대답 대신 기껏 연출한 파일을 지워 버렸다.

하지만 아쉽지는 않았다. 마치 눈앞에 보이던 길의 범위가 더 넓어진 느낌, 새로운 눈이 뜨인 기분이었다.

전력을 다한 편집의 여파로 진이 빠진 강찬이 백현주를 보며 말했다.

"잠깐만 쉬죠."

"네. 그럼 저 커피 좀 사 올게요. 강 감독님은 아메리카노?"

"부탁드립니다."

그녀는 손가락으로 오케이 사인을 보내며 밖으로 나갔고 강찬은 의자에 몸을 묻었다.

백현주를 가르치기 시작한 지도 벌써 한 달, 즉 백중혁이 해외 출장을 간 지도 한 달이 되었다는 뜻이었다.

'……이 양반은 언제 돌아올 생각이야.'

급한 건 강찬이 아니었기에 백중혁에게 먼저 전화를 걸지 않았다. 하지만 백중혁 또한 백현주를 믿는 것인지, 아니면 밀당을 하는 것인지 몰라도 그 또한 전화를 걸지 않고 있었다.

그와는 반대로 박한길은 심심하면 강찬을 불러내 밥을 먹고 술을 마셨다. 그러면서 은근하게 자신을 어필했는데 그 방식이 구렁이 담 넘어가듯했다.

이러다 박한길과 함께하는 것으로 굳혀질까 싶어 그의 호의를 거절하려 하면 그는 섭섭하다는 티를 팍팍 내곤 했다.

'후.'

차라리 마음을 정해 버린 뒤 영화에만 집중하는 게 더 나을 것 같은 상황. 하지만 그것도 백중혁의 딜을 들어본 뒤에 결정해야 하는 것이기에 오히려 강찬의 몸이 달아오르고 있었다.

복잡해지는 머리에 강찬이 의자에 기대며 눈을 감았을 때, 하나의 생각이 번개처럼 그의 머릿속을 스쳐 지나갔다.

'가만…… 이것도 전략인가?'

이 타이밍에 해외 출장을, 그것도 한 달이나 나간 백중혁. 그리고 이때다 싶어 달려드는 박한길의 구애.

'흐음.'

강찬은 한 걸음 물러서 큰 그림을 보기 위해 생각에 잠겼고,

이내 헛웃음을 흘렸다.

'진짜 능구렁이는 따로 있었네.'

백중혁 이사.

괜히 이사가 아니다. 이 상황을 내다본 것이 분명하다. 그는 강찬에게 의문점을 남겼다. 그것도 자신의 손녀딸, 그리고 해외 출장이라는 수를 통해.

그것에 대해 생각하다 보면 자연스레 백중혁에 대해 생각하게 되고 그가 가진 패가 무언지 기대가 되게 마련이었다.

강찬의 궁금증이 극에 달했을 때, 그는 한국으로 돌아와 강찬이 거부하기 힘든 카드를 던질 것이었다.

박한길의 성격, 그리고 강찬의 성격을 완벽히 꿰고 있어야만 세울 수 있는 방법이었다. 백중혁의 속내가 보이자 강찬은 터져 나오는 실소를 참을 수 없어졌다.

'이야……'

과거로 돌아왔다고 해서 모든 것을 아는 것은 아니다. 게다가 강찬은 성공의 맛을 아주 조금밖에 보지 못했으며 높은 위치에까지 올라가 본 적도 없었다.

'진짜는 다르다는 건가.'

밑바닥부터 쌓아 올려 자신의 성을 만들어낸 백중혁. 영일 미디어아츠라는 대기업의 이사. 그 자리에서 거목처럼 버티고 있는 사람의 진면목을 조금 훔쳐본 기분이 들었다.

강찬이 고개를 주억이고 있을 때, 핸드폰이 울렸다. 발신인의 이름은……

[백중혁]

'양반은 못 될 양반이야.'
얼굴 가득 미소를 지은 강찬은 핸드폰을 들었다.

레스토랑 형식의 한정식 집에 도착하자 한복을 입은 종업원들이 다가와 강찬을 안내해 주었다.

어지간히 비싸겠구나, 하고 생각하는 사이 방에 도착한 강찬이 문을 열고 들어가자 백중혁이 환한 미소를 띠며 말했다.

"오랜만에 보는구먼!"

미국에서 한국까지 13시간의 비행을 한 사람이라곤 보이지 않을 정도로 멀끔한 모습의 백중혁이 강찬에게 손을 내밀었다.

그는 한국에 도착하자마자 강찬에게 전화했고 저녁을 함께하자 말했다. 강찬은 백중혁이 한 달 동안 묵혀온 카드가 무언지 궁금했기에 그의 제안을 수락했고 지금에 이르렀다.

"그러게요. 그사이 몸이 더 좋아지신 것 같습니다."

해외 출장이 아니라 해외 골프 투어를 다녀오기라도 한 것인지 그의 피부는 구릿빛으로 물들어 있었고 혈색 또한 아주 좋아 보였다.

"하하, 그렇게 보이나? 이번에 갔던 일이 아주 잘 해결되어서 말일세. 아, 그러고 보니 자네 덕이 컸군. 이번에 UCC 관련 파트너십을 체결하고 왔다네."

"제 덕이요?"

"그럼, 자네 덕에 한국에서 UCC 사업이 잘되어가고 있다네."

칭찬에 강찬이 감사하다 말하자 백중혁은 사람 겸손하긴, 하며 미소를 지었다. 그사이 한 상 가득 음식이 나오느라 이야기가 끊겼다.

곧 세팅이 끝났을 때 백중혁이 물었다.

"나 없는 한 달 동안 잘 지냈나?"

"이사님 손녀분 덕에 아주 잘 지내고 있습니다. 아, 박한길 소장님께서도 아주 잘 대해주고 계시고요. 절 아주 손주처럼 생각하시는 것 같던데요."

강찬의 말에 백중혁이 씩 미소를 지었다. 말 속에 담긴 뜻을 모를 능구렁이가 아니다.

"박한길이가 그렇게 잘 해줬나?"

"그럼요."

"흠…… 그럼 내가 너무 늦었을지도 모르겠는데."

'마음에도 없는 소리를.'

이 와중에도 여유를 보이는 모습에 어지간한 이라면 당황했을지도 모른다. 하지만 강찬은 대답 대신 미소를 띠며 그와 눈을 맞추었다.

"현주는 어떤가?"

"잘 지내고 있습니다."

식사를 하며 주제와는 동떨어진 이야기를 나누는 와중에도 신경전은 계속되었다. 백중혁은 강찬의 애를 태울 생각인지 계속 다른 이야기를 했지만, 강찬은 여유를 잃지 않은 채 그의 말에 맞장구를 쳐주었다.

그렇게 한 시간여에 걸친 식사가 끝나고 차가 나왔을 때, 백중혁은 지금까지와는 다른 눈빛으로 강찬을 바라보았다.

때가 왔음을 느낀 강찬은 찻잔을 내려놓은 채 그와 눈을 맞추었다. 눈이 마주친 백중혁이 헛웃음을 흘렸다. 그러나 그것도 잠시, 그는 목젖이 보일 정도로 큰 웃음을 터뜨렸다.

그걸 보고 있는 강찬마저도 웃음이 날 정도로 호쾌한 웃음. 한동안 웃던 백중혁은 이내 후, 하고 심호흡을 하며 감정을 추스른 후 강찬을 보며 말했다.

"자네도 보통은 아니야. 그러니 내가 탐내는 거지만. 그래, 서론은 여기까지 하고. 그래서 자네 제안은 뭔가?"

생각 이상으로 직설적인 질문. 강찬은 당황하지 않고 되물었다.

"제안이요?"

"그래. 박한길이가 해줄 수 있는 건 다 말했을 걸세. 그런데도 나를 기다렸다는 것은 나만이 해줄 수 있는 무언가가 있다는 것일 테고, 또 그걸 위해 한 시간 동안 내 이야기를 들어준 것 아닌가?"

"박한길 소장님이 다 말씀하셨다고 하셨는데, 저는 백중혁 이사님의 제안을 듣고 싶다고 말씀드리면…… 결례일까요?"

강찬의 말에 백중혁이 씩 웃더니 말했다.

"협상할 때 상대의 카드를 먼저 보는 것은 기본 중의 기본이지. 결례라 할 게 있나. 그래, 그럼 기본부터 시작해 보세. 일단 박한길이가 무엇을 주든 그것에서 10%를 더 주겠네. 돈이든, 시간이든, 인재든."

여기까지는 예상했다. 그리고 백중혁이 자신의 입으로 기본이라 말했으니 이제 기본 위의 상위 옵션이 있을 터.

백중혁은 이 상황 자체를 즐기는 듯 찻잔을 들어 입술을 적신 후 입을 열었다.

"결론부터 말하자면…… 영일은 영화 제작사를 벗어나 배급까지 할 생각이라네."

대한민국의 배급사는 이미 포화 상태이다. 대기업의 두둑한 자본을 바탕으로 한 인프라가 이미 구축되어 있으며 이 사이에 끼어들기 위해서는 그들의 아래로 들어가거나 그들을 넘어설 수 있는 자금력이 필요하다.

게다가 돌아오기 전, 영일은 배급사 쪽에는 손을 대지 않았었다.

즉, 강찬의 행동으로 인해 미래가 변했다는 것.

'변한 미래까지 알 순 없어. 여기서부터는 내가 개척해 나가야 한다.'

백중혁이 변했다는 것은 운명이 아니라는 소리. 결국, 변할 수 있는 미래라는 것이고 그것에 대한 키는 강찬의 손에 쥐어져 있었다.

'일단 들어보자.'

좋은 쪽일지 나쁜 쪽일지를 판단한 뒤에 손을 뻗어도 늦지 않는다. 게다가 강찬이 알고 있는 것을 백중혁이 모를 리 없다. 그렇다면 어떠한 묘수가 있을 것이다.

강찬이 기대와 걱정이 섞인 표정으로 백중혁을 바라보자 그가 말을 이었다.

"자네가 무얼 걱정하는지 아네. 배급사를 시작하기에는 이미 너무 늦었다고 생각할 테지. 나 또한 그렇게 생각한다네. 하지만 말일세, 우리나라뿐만 아니라 전 세계적으로 영화 시장의 파이는 커지고 있네. 이루 말할 수 없을 정도지."

당장 한국만 보아도 그렇다. 대한민국의 인구가 오천만인데 개중 1/5인 천만이 넘는 인원이 '실미도', 그리고 '태극기 휘날리며'를 보았다.

앞으로 7년 뒤, 2013년에 개봉할 '명량'은 사상 초유의 관객 1,700만 명을 동원하며 국내 역사상 최고 관객을 유치하는 데 성공한다.

외국은 말할 것도 없다. 중국에서는 2016년 주성치 감독의 '미인어'가 1억 관객을 동원하기도 하며 2008년 개봉하는 아이언맨 시리즈의 시초, 아이언맨 1은 전 세계에서 6억불에 가까운 수익을 올리게 된다.

"그러니 지금이 적기일세. 이때를 놓친다면 다시는 기회가 오지 않을 것이라 생각하네."

영일이 배급사로 발돋움한다.

이는 고급 정보다. 주식회사인 영일의 주가가 널뛰는 것은 당연할 테고 영화계에 끼치는 파장 또한 무시하지 못할 정도일 것.

그런 정보를 강찬에게 말한다는 것은.

"설마 배급사로서의 영일이 내보이는 첫 영화가 악당이 되는 겁니까?"

강찬의 물음에 백중혁이 씩 미소를 지었다. 배급사에게 가장 중요한 것은 인프라도, 자금력도 아닌 좋은 영화다.

아무리 돈이 많은 배급사라 한들 영화를 픽업하지 못한다면 배급사는 존재의 의미 자체가 사라져 버리고 돈을 벌 수 없게 되는 것.

"바로 그걸세. 어차피 지금 시작한다 해도 국내 영화의 판권을 따긴 힘드네. 그러니 해외부터 시작해야겠지. 이미 유착이 되어버린 관계는 어쩔 수 없다 하지만, 전 세계를 보자면 하루에도 수십 개의 영화사가 생겨났다 사라지네. 그들의 영화 중 원석을 골라내 배급을 시작한다면 어떨 것 같나?"

성공도, 실패도 장담할 수 없다. 하지만 백중혁이 미국까지 간 이유, 그리고 그의 사업 수완과 그가 영화계에 미치는 영향력을 생각한다면.

'가능성은 있다.'

백중혁 또한 그렇게 생각하고 사업을 벌이려는 것일 터.

'내가 모르는 것도 있을 거고.'

강찬에게 말하지 않은 히든카드를 하나쯤 쥐고 있으니 저렇게 자신 있게 말하는 것이라는 생각도 들었다.

강찬이 모르는 게 있다면 백중혁 또한 모르는 게 있다.

강찬이 가진 미래의 지식.

강찬은 어느 영화가 성공할지, 어느 영화가 실패할지를 알고 있다. 그리고 그중 제대로 된 회사를 만나지 못해 망해 버린 영화들 또한 알고 있다.

이 정보를 백중혁과 공유한다면?

'상상도 할 수 없는 돈을 벌겠지.'

굳이 시간을 투자할 필요도 없다. 그저 배급사에 투자하며 몇 번 의견을 제시하면 된다. 처음에는 믿지 않겠지만 강찬이 지목하는 영화마다 족족 고공행진을 이어간다면 당연히 믿게 될 수밖에 없을 터.

강찬은 등골에 차오르는 가벼운 소름을 느끼며 허리를 곧게 폈다.

"저는 사업을 해본 적이 없어서 잘 모르겠습니다. 하지만 그런 저에게도 상당히 괜찮은 방법으로 들리네요. 그런데 한 가지 의문이 있습니다."

"뭔가?"

"제게 이런 말씀을 하시는 이유가 궁금합니다."

"이유? 간단하네. 나는 자네에게 비전을 보았네. 사람이 사람과 부대끼며 이 나이까지 살다 보면 눈이라는 게 생기더구먼. 뭐, 다른 이들은 연륜이라고도 하네만. 어쨌거나 그게 나에게 말했네. 자네를 놓치지 말라고."

강찬이 멋쩍게 웃자 백중혁이 허허, 하고 웃으며 말을 이었다.

"뭐 그건 내 감이고. 당장 자네 주위를 보게나. 지금만 해도 영일 미디어아츠의 이사이자 영화사의 산 역사와 독대를 하고 있지 않는가?"

아무래도 자기애가 강한 것은 백씨 핏줄의 특성인가 보다.

"게다가 박 소장도 자네를 탐내고 있지. 배혜정 배우가 자네에게 투자한 이유가 무엇이라 생각하나? 우연, 인연, 운 다 좋은 말이지만 그것들이 쌓이고 한 사람에게 몰리게 된다면 그건 실력이라고 보네."

그는 하고 싶은 말을 다 했다는 듯 의자에 기대며 팔짱을 꼈다. 내가 가진 카드는 다 오픈했으니 이제 너의 턴이라 말하는 듯한 모습.

행동과 눈빛만으로 다른 사람의 생각을 끌어낼 수 있다는 것에 감탄하던 것도 잠시, 강찬은 앞으로의 길을 결정한 듯 천천히 고개를 끄덕인 뒤 그와 눈을 맞추었다.

"제가 어떤 결정을 할지 알고 계신다는 표정이신데요?"

"최대한 긍정적으로 생각하고 있을 뿐일세."

백중혁이 미소를 지었고, 강찬 또한 잇몸이 보일 정도로 씩 웃으며 말했다.

"이사님과 함께하겠습니다."

"잘 생각했네."

백중혁이 미소를 띤 채 손을 내밀었고 강찬이 그의 손을 쥐었다.

마치 거목의 뿌리와도 같은 묵직한 손이었다.

백중혁과 손을 잡은 뒤 한 달이 흘렀다. 이미 그와 손을 잡았음에도 박한길의 구애는 끊이지 않았고 강찬은 결국 백중혁에게 중재를 부탁할 수밖에 없었다.

그리고 백현주.

"현주 씨, 이거 수정 좀 부탁해요."

"네."

"이것도."

"네."

그녀가 강찬에게 배운 지도 한 달. 그녀는 강찬을 완전히 스승으로 인정한 것인지 고분고분하게 그의 말을 따르고 있었다.

자존심을 세워서 통하는 상대가 있고 안 통하는 상대가 있다는 것을 깨달은 모양이었다.

"이제 마지막 검수네요."

두 달간 편집에 매달린 결과 모든 작업을 끝낼 수 있었다. 강찬이 노력하는 만큼 안민영과 윤가람 또한 열심히 움직이며 다른 팀들을 조율했고, 9월 22일 오늘, 드디어 편집이 끝난 것이다.

강찬과 백현주는 편집실에 앉아 완성된 영상을 관람했다. 그리고 90분이 지났을 때 에일렌이 부른 히어로가 나오며 엔딩 크레딧이 올라가기 시작했고, 강찬은 조용히 고개를 끄덕였다.

'완벽해.'

솔직히 말해 돌아오기 전 만들었던 '하루'보다 좋았다. 독립 영화 특유의 감정선이 살아 있는 데다 상업 영화로 흥행할 수 있는 요소 또한 충분했다.

한국에서 개봉한다 해도 충분히 먹힐 느와르와 액션 장르. 거기에 가족애를 중심으로 펼쳐지는 스토리가 꽤나 괜찮았다.

"좋네요."

백현주는 드디어 일이 끝났다는 기쁨인지 혹 영화에 감동받은 건지 몰라도 눈물까지 글썽이고 있었다.

"출품 전에 간이 시사회 한 번 해야겠습니다."

"시사회요?"

"예. 마지막 점검이라 생각하면 됩니다."

강찬이나 백현주, 그리고 다른 편집팀들은 어떤 장면에서 어떤 감정을 느껴야 할지 알고 있으며 두 달이 넘게 '악당'만 보고 살았다.

그렇기에 주관적인 판단이 불가능한 상황. 간이 시사회를 열어 다른 이들의 평을 듣고 수정할 부분을 찾아야 했다.

'물론 수정할 부분이 없으면 좋겠다만.'

강찬은 백현주에게 손을 내밀며 말했다.

"수고하셨습니다."

백현주는 고인 눈물을 슥 닦아내더니 강찬의 손을 쥐며 말했다.

"고마워요."

"뭘요. 공짜도 아닌데."

그의 말을 농담이라 들었는지 백현주는 아하하, 하고 웃은 뒤 자리에서 일어서며 말했다.

"시사회는 언제 하실 생각이세요?"

"사흘 내로 할 겁니다. 시사회하고 수정도 해야 하니까."

그녀는 서브긴 하지만 어쨌거나 자신이 참여한 영화가 시사회를 한다는 것이 기쁜지 미소를 지은 채 화면을 바라보고 있었다.

그녀를 보고 있던 강찬은 핸드폰을 들었다. 영화에 투자한 배혜정, 그리고 서대호의 아버지이자 가장 처음으로 천만 원을 투자했던 서태산, 두 사람은 무조건 불러야 한다.

'인섭이 형이나 봉준혁 감독님도 모실 수 있으면 좋을 텐데.'

두 사람 모두 영화 밥을 오래 먹은 사람들이니 강찬에게 유용한 조언을 해줄 수 있을 터. 강찬은 고개를 끄덕이며 한 명한 명에게 전화를 돌리기 시작했다.

사흘 뒤, 9월 25일.

지하에 위치한 소극장을 빌린 강찬은 프라이빗 형식으로
시사회를 준비했다.

"와줘서 고마워."

"여, 이제 진짜 강 감독이네!"

그리고 제일 처음으로 온 손님은 송인섭이었다.

그는 멋지게 턱시도를 차려입고 메이크업까지 받은 채 시사
회장에 도착했다.

"하하, 고마워."

"기대된다. 어디로 가면 돼?"

"안으로 들어가면 안내하는 분 계셔."

"오케이. 조금 있다 보자."

송인섭과 인사를 마친 뒤 그와 안면이 있는 사람들이 속속
도착하기 시작했다.

"오셨어?"

"아들!"

강찬의 어머니 또한 차려입고 간이 시사회장을 찾았다. 그

녀는 극장의 입구와 강찬의 얼굴, 그리고 걸려 있는 영화의 포스터를 보더니 눈물을 글썽이기 시작했다.

"좋은 날 왜 울고 그래요."

"좋아서 그러지."

강찬은 어머니를 달래 드리며 직접 좌석까지 안내해 드린 뒤 다시 입구로 돌아왔고, 그 뒤로도 많은 손님이 찾아왔다.

"봉준혁 감독님!"

"하하, 오랜만입니다."

"예. 와주셔서 감사합니다."

"후배가 영화를 만들었다는데 당연히 와야죠. 선댄스 출품작이라면서요? 기대하겠습니다."

아직 출품도 하지 않은 작품이었지만 봉준혁은 기꺼이 강찬의 시사회를 찾아주었다. 미소로 그의 말에 화답한 뒤에도 '우리들'을 함께한 최윤식과 김현우, 그리고 이어서 서대호와 이여름이 도착했다.

그들은 인사와 축하의 말을 건넨 뒤 안으로 들어갔고 곧 영화 제작에 도움을 주었던 치프들 또한 극장을 찾았다.

그리고 시사회 시작이 20분 정도 남았을 때.

"강 감독!"

얼핏 들으면 호통으로 착각할 만한 우렁찬 목소리와 함께 거구의 노인 백중혁이 도착했다. 그는 만면에 미소를 띤 채 강찬을 끌어안으며 말을 이었다.

"진짜 5개월 만에 영화를 만들어 버렸구먼! 축하하네!"

"감사합니다."

분위기만 봐서는 강찬이 대상이라도 탄 것 같은 상황. 강찬이 어색하게 웃자 백중혁은 껄껄 웃으며 안으로 들어갔고 곧 박한길 소장 또한 도착했다.

박한길은 '기대하겠네' 하는 단 한마디 말만 남긴 채 수행원과 함께 소극장으로 들어갔다.

"거의 다 왔나."

강찬이 초대 리스트를 훑고 있을 때, 시네마 24의 기자 정승아가 입구로 걸어왔다. 그녀는 도착하자마자 강찬의 사진을 찍은 뒤 말했다.

"축하해요."

"감사합니다."

"카메라는 두고 들어가야 하나요?"

"영화 시작 전에 일괄적으로 수거할 겁니다. 그 전까지는 마음껏 찍으세요."

"정말요?"

그녀는 큰 입으로 한껏 웃음을 지으며 극장 안으로 쪼르르 달려들어갔다. 그리고 곧 배혜정이 도착했다.

"배혜정 배우님, 와주셔서 감사합니다."

"당연히 와야죠."

배혜정은 정장 바지에 오픈 숄더 블라우스를 입었는데 그 모습이 캐주얼해 보이면서도 시사회에 어울리는 정돈된 복장 같은 느낌을 주었다.

강찬이 미소를 짓고 있을 때, 배혜정이 살짝 뒤를 돌아보았다.

더 올 사람이 있나? 하는 생각에 강찬이 그녀의 뒤를 보았을 때, 계단을 내려오는 사람이 보였다.

"……어?"

"오빠!"

여진주는 해맑은 미소를 보이며 강찬에게 걸어왔다. 청재킷을 어깨에 걸치고 그 아래로 붉은 원피스를 입고 있었다. 나이에 맞는 귀여운 옷차림과 나이에 어울리지 않은 몸매에 강찬의 입가에 미소가 번질 때.

여진주가 그에게 다가와 강찬의 손을 쥐고는 꺄꺄 거리며 방방 뛰었다.

거의 다섯 달 만에 보는 것이라 기쁜 것은 이해했지만 바로 옆에 그녀의 어머니가 있는 상황이었다.

강찬이 어정쩡한 표정으로 배혜정의 얼굴을 바라봤다.

"어휴."

배혜정은 자기 딸을 어찌하지 못하겠다는 듯 고개를 휘휘 저은 뒤 안으로 들어갔고, 그제야 강찬 또한 그녀와 눈을 맞추며 미소를 머금었다.

"진주야, 어떻게 왔어?"

"오빠가 초대해 줬잖아요."

"스케줄 바빠서 못 올 거 같다며."

"어떻게 보면 오빠 첫 영화 첫 시사회인데 당연히 와야죠. 축하해요!"

여진주는 배시시 웃더니 한 손에 들려 있던 검은색의 종이 가방을 강찬에게 건넸다.

"이건 선물. 지금 열어보지 말고 시사회 끝나고 열어봐요."

"뭔데?"

"당연히 비밀이지."

강찬은 궁금한 듯 종이 가방 안을 슥 보았지만 잘 닫혀 있어 무엇이 들어 있는지 보이지 않았다.

"고마워."

"잘 쓰세요. 그럼 안으로 들어가면 되나요?"

"너랑 너희 어머니가 마지막이었어. 같이 들어가자."

여진주는 이 상황이 마음에 든다는 듯 크게 고개를 끄덕이고선 강찬의 옆에 섰다.

"방금까지 문자로 못 온다더니."

"서프라이즈 좋지 않아요?"

어디선가 들어본 말에 강찬이 헛웃음을 흘릴 때, 여진주가 말을 이었다.

"시사회 끝나고 뒤풀이해요?"

"그럼. 그런데 진주 너 시간 괜찮아?"

"당연하죠. 내가 오늘 시간 내려고 얼마나 열심히 일했는지 알면 깜짝 놀랄걸요? 내일 점심까지는 괜찮아요."

얼굴 가득 미소를 지은 강찬이 고개를 끄덕였을 때, 여진주가 갑자기 시선을 피하며 고개를 숙였다.

얼핏 머리 사이로 보이는 귀가 빨개져 있는 상황. 강찬이 물었다.

"왜 그래?"

"아, 아녜요."

강찬은 자신이 무언가 실수한 게 있나 방금의 대화를 되짚었고 이내 여진주의 귀가 빨개진 이유를 캐치한 강찬이 헛웃음을 흘렸다.

'요것 봐라.'

여진주는 열아홉, 고삼이다.

물론 그런 의도로 '내일 점심까지 괜찮다'고 말한 것은 아닐 터. 이런 말 하나에도 부끄러워하는 모습이 귀엽기만 했다.

"그럼 들어가 있어. 무대 인사 하고 내려갈게."

여진주는 귀가 붉어진 채로 고개를 끄덕인 뒤 좌석으로 들어갔고 강찬은 무대 인사를 위해 무대로 올랐다.

그가 무대에 오르자 조명이 꺼지고 핀 조명 하나가 내려와 강찬을 비추었다.

과한 연출에 고개를 들어 핀 조명을 바라본 강찬은 이내 마이크를 쥐고 말했다.

"안녕하십니까. 이번 영화 '악당'의 감독 강찬입니다."

허리를 숙여 인사한 강찬이 말을 이었다.

"일단 제게 영화를 찍을 기회를 만들어주신 서태산 투자자님, 배혜정 배우님, 그리고 영일 미디어아츠의 백중혁 이사님께 감사를 드립니다."

그 이후 강찬은 고마운 사람들에 대해 이야기를 한 후 영화 악당의 스토리에 대해 간략한 설명을 했다.

"더 이상의 설명은 스포일러가 될 수 있으니 생략하겠습니다. 그럼 보시죠."

강찬이 다시 한번 인사를 하자 관객들이 박수를 보냈고 곧 조명이 꺼지고 스크린에 불이 들어오며 영화가 시작되었다.

# 6장
## 망중한

 강찬이 연기한 '오지훈'이 이여름이 연기한 '주한솔'과 함께 골목길을 걸어간다. 그들의 뒤를 쫓던 카메라는 어느 순간 움직임을 멈추고 멀어지는 두 사람을 비춘다.

 그리고 두 사람이 카메라의 앵글에서 아웃될 때쯤, 에일렌이 부른 '히어로'의 전주가 시작되었다.

 그리고 두 사람이 완전히 사라지고 히어로의 가사가 흘러나오기 시작했을 때.

 화면이 페이드 아웃되며 새카매지고 그 위로 유려한 필체로 쓰인 '악당' 두 글자가 새겨진다.


 -END-

영화의 끝을 알리는 문구와 함께 엔딩 크레딧이 올라갔고 곧 에일렌의 목소리는 절정을 향해 치달았다.

그와 동시에 관객들이 박수를 치기 시작했다. 누군가 한 명이 박수를 치자 다른 이들 또한 박수를 치기 시작했고 곧 모든 이가 일어서서 박수를 치기 시작했다.

기립 박수.

생에 처음 받아보는 기립 박수에 강찬은 무대 위로 올라가 인사를 하는 것조차 잊고 관객들을 바라보았다.

올라가는 엔딩 크레딧 빛에 비춰진 관객들은 환호를 하며 강찬, 그리고 악당을 연호하며 박수를 치고 있었다.

'……됐다.'

배우와 스태프, 거장들과 감독, 톱스타 할 것 없이 일어서 박수를 치고 있었다. 강찬은 벅차오르는 감정을 추스르기 위해 관객석이 아닌 아무것도 보이지 않는 천장을 바라보았다.

"후."

짧은 숨을 연달아 쉬어봤지만 거세게 뛰는 가슴과 시큰거리는 눈은 가라앉을 기미가 보이지 않았다.

그때, 누군가 다가와 강찬의 어깨에 손을 얹었다.

"장하다, 우리 아들."

강찬의 어머니 한연숙이었다. 그녀는 언제부터 눈물을 흘린 것인지 붉어진 눈으로 강찬을 끌어안았다.

그녀의 손이 강찬의 등을 쓸었을 때, 방금까지 날뛰던 감정이 조금씩 가라앉는 것을 느꼈다.

"엄마, 나 무대 인사하러 가야 해."

그녀의 품에 안겨 있는 사이 엔딩 크레딧이 끝나가고 있었다. 관객석에 있던 출연진들 또한 슬슬 무대로 오르기 위한 준비를 하고 있는 상황.

강찬의 말에 한연숙이 강찬의 등을 두드려 준 뒤 말했다.

"잘 하고 와."

"응."

강찬이 무대에 오름과 동시에 소극장에 모든 불이 켜졌다. 그러자 잠잠해졌던 관객들이 다시 한번 박수를 치기 시작했고 강찬은 미소를 머금은 채 허리를 숙여 인사했다.

"감사합니다."

강찬과 출연진이 무대에 오르며 잠시 식었던 열기는 강찬의 인사와 동시에 다시 터져 나오기 시작했다.

환호와 박수, 그리고 휘파람 소리에 극장 전체가 들썩였으며 그들의 얼굴에 드러난 즐거운 감정들이 강찬의 가슴을 울렸다.

관객들은 나이와 직위에 상관없이 전부 일어서서 박수를 보내고 있었다.

기립 박수.

단 한 번도 받아본 적 없는 찬사에 결국 강찬의 눈시울도 붉어지고 말았다.

'……이런 기분이구나.'

돌아온 후 단 한 번의 휴식도 없이 달려왔던 자신에게 주는 달콤한 보상이자 앞으로 나아갈 수 있는 원동력이 몸을 가득 채우고 있는 듯했다.

"후."

그렇다고 눈물을 보일 순 없다. 아직 제대로 된 무대, 선댄스에서의 시사회와 시상식이 남았다.

'받을 수 있다.'

영화계에서 내로라하는 이들이 모인 시사회에서 이 정도 반응이라면 선댄스에서의 대상 또한 충분히 노려볼 만하다.

강찬은 감정을 가라앉혔다. 축배를 드는 것은 그때가 되어도 늦지 않을 것이니.

"다시 한번 감사드립니다."

힘이 들어간 강찬의 목소리와 함께 환호성이 조금씩 잦아들었고 곧 질의응답이 시작되었다.

다들 영화계에서 한가락씩 하는 이들이었기에 날카로운 질문이 이어질 것이라 예상했지만 질문의 내용은 별것 없었다.

외려 영화에 대한 질문보다 출연 배우에 대한 질문, 그리고 강찬에게 연기할 것이냐는 등 영화 외적인 질문이 더 많았다.

개중에는 에일렌에 관한 질문도 있었는데 강찬은 올해 안에 데뷔한다는 말만 남기고 질문을 일축했다.

그사이 시네마 24의 기자 정승아는 카메라를 받아 들고는 소극장을 누비며 사진을 찍고 있었다.

곧 질의응답이 끝나고 뒤풀이를 위해 이동하려 할 때, 소극장의 진행 요원 한 명이 다가와 말했다.

"저, 강찬 감독님."

"예."

"아무래도 뒷문으로 나가셔야 할 것 같습니다. 지금 어떻게 알고 왔는지 기자들이 입구에 진을 치고 기다리고 있습니다."

그의 말을 듣고 정문 쪽을 바라보자 사람들이 빠져나가질 못하고 있었다.

살짝 당황한 기색의 진행 요원과는 달리 강찬은 미소를 지은 채 말했다.

"다른 분들 후문으로 안내해 주세요. 정문은 제가 해결하겠습니다."

"예?"

강찬은 대답 대신 그를 다시 한번 바라보았고 그제야 강찬의 말뜻을 이해한 진행 요원이 아, 네, 하고서는 다른 진행 요원들을 모아 극장 내 사람들을 통솔하기 시작했다.

'생각보다 빠른데.'

강찬이 단 한 명의 기자만 부른 데는 이유가 있었다.

너무 많은 기자가 시사회에 참가할 경우 영화에 대해 안 좋은 이야기를 쓰는 이도 나올 테고, 무엇보다 시사회 분위기 자체를 흐릴 가능성이 컸다.

그렇기에 정승아만 부른 뒤 그녀에게 따로 부탁했다.

'영화 상영이 끝나고 질의응답을 할 때 맞춰서 기사 올려주세요. 최대한 자극적으로.'

그의 말에 정승아는 의아한 표정을 지었다가 이내 강찬의 의도를 이해한 것인지 고개를 끄덕였다.

지금 기자들이 모였다는 건 강찬이 던진 미끼가 제대로 활약하고 있다는 뜻이다.

강찬은 관객석에 앉아 열심히 기사를 쓰고 있는 정승아를 한 번 바라본 뒤, 씩 미소를 지었다.

배혜정과 송인섭, 봉준혁 감독. 거기에 박한길 소장과 백중혁 이사가 한자리에 모였다. 그것만으로도 충분히 이슈가 될 만한데, 모인 이유가 독립 영화의 시사회 때문이라면 더욱 호기심이 몰리는 것은 당연한 결과다.

사실이 알려지면 기자들이 모이는 것은 당연한 수순. 강찬은 그것을 기회 삼아 영화를 홍보하려는 것이었다.

강찬이 타이밍을 보고 있는 사이, 백중혁이 다가와 말했다.

"반응 좋더구먼. 축하하네."

"감사합니다."

"뒤풀이까지 함께하고 싶지만 일이 있어 가봐야 할 거 같아 미리 인사하러 왔네."

백중혁의 말에 강찬이 고개를 숙여 감사를 표했다. 아무런 말 없이 돌아간 뒤 문자 한 통만 남겨도 강찬은 이해했을 것이다.

하지만 백중혁은 직접 강찬을 찾아와 말했고 그의 행동에서 강찬 자신을 얼마나 생각해 주는지를 알 수 있었다.

"그건 그렇고 나도 뒤로 나가야 하나?"

"아무래도 그러시는 게 편하지 않으시겠습니까?"

백중혁은 팔짱을 낀 뒤 흐음, 하고 고민에 빠졌다. 자신이 앞문으로 당당히 나가 기자들과 마주할 때와 뒷문으로 조용히 나갈 때, 둘 중 어느 것이 더 자신에게 이득이 될지를 고민하는 것일 터.

곧 백중혁이 씩 미소를 지으며 말했다.

"자네 표정을 보니 자네는 입구로 나갈 생각이구먼?"

"기회니까요."

강찬이 배우를 하고 방송에 출연하는 단 하나의 이유는 영화의 홍보다. 그러기 위해 그토록 뛰어다녔는데 이번에는 기자들이 알아서 몰려와 주었으니 그들의 앞에 나가서 말 몇 마디를 하는 것만으로도 엄청난 홍보가 될 터.

"그럼 같이 가세나."

영일 미디어아츠가 배급사를 만들고 처음으로 배포하게 될 영화 '악당', 그 화려한 서막을 본인의 손으로 올리고 싶은 것이다.

그 뜻을 이해한 강찬이 고개를 끄덕이자 백중혁이 한 걸음 먼저 나서 입구로 걸어갔다.

계단을 올라 정문을 열었을 때.

"열렸다."

"누구야?"

"백중혁 이사다!"

"강찬 감독도 있어."

기자들의 목소리가 들림과 동시에 사방에서 플래시 세례가 터져 나왔다. 순간 눈을 찡그린 강찬과는 다르게 백중혁은 인자한 미소를 지으며 기자들을 바라보고 있었다.

먼저 나선 백중혁의 앞으로 기자들의 마이크가 모였을 때, 그가 입을 열었다.

"천천히, 한 분씩."

말을 마친 백중혁은 살짝 몸을 돌리며 강찬을 바라보았다. 그의 배려에 미소를 지은 강찬은 고개를 끄덕인 뒤 마이크 앞에 섰다.

"안녕하십니까, 영화 '악당'의 감독 강찬입니다."

강찬의 인사와 동시에 조금 전 극장에 있던 관객들과는 다른 종류의 시선이 강찬의 얼굴에 꽂혔다.

관객들의 시선에는 호의가 담겨 있었지만, 기자들의 시선은 먹잇감을 찾는 하이에나와 같은 모습이었다.

'주요 언론사는 없나.'

대부분인 인터넷 플랫폼의 기자거나 케이블, 그리고 연예부의 기자들이었다. 주요 언론사에서 한 명이라도 와주었다면 좋았을 테지만 오늘은 이 정도로 만족하는 수밖에.

"또 방송에 출연할 생각이 있으십니까?"

"물론입니다."

물 들어올 때 노를 저어야 하는 법이니 지금부터 '악당' 한국 개봉일까지는 신나게 노를 저을 생각이었다.

"선댄스 영화제에 출품한다 하셨는데, 한국 개봉은 언제입니까?"

"아직 확정된 것은 없습니다."

그 이후 질문은 거의 10분가량 이어졌다. 주된 질문은 '누구와 어떤 관계냐?'였다.

송인섭, 배혜정, 백중혁, 봉준혁, 박한길. 심지어는 여진주까지.

강찬은 그들과 '아는 사이' 혹은 '친한 사이'라 말했고 기자들은 두 단어가 주는 미묘한 차이에 집중했다.

뒤풀이 후, 집이 아닌 영일 미디어아츠에 도착한 강찬은 곧바로 최종 편집에 들어갔다. 술을 몇 잔 마시긴 했지만, 강찬에게는 2단계에 오른 음주 능력이 있었기에 취기는커녕 피곤하지도 않은 상황이었다.

그렇게 최종 편집을 마친 강찬이 기지개를 켜고 있을 때, 그의 전화가 울렸다. 한우진이었다.

"예, 강찬입니다."

-오늘 시사회를 하셨다 들었습니다. 기사 보니까 잘 되신 모양이네요. 축하드립니다.

"감사합니다."

단순히 축하를 전하기 위해 전화한 것은 아닐 터, 잠시 기다리자 그가 본론을 꺼냈다.

-내일이나 모레쯤 시간 괜찮으십니까?

"예. 이제 후반 작업도 끝나서 프리합니다."

-그럼 모레 뵙죠. 대본 나왔습니다.

정확한 시간과 장소를 정한 뒤 전화를 끊었다. 악당의 제작이 완전히 끝난 지금부터 발표가 있는 12월 말까지 3개월이라는 시간이 남았다.

'한국 개봉까지는 6개월.'

최소 6개월, 맥시멈은 1년이다. 백중혁의 회사와 함께하기로 한 이상 그들이 영화를 배급할 만큼 덩치를 갖출 때까지는 기다려야 한다.

'급할 건 없다.'

그사이 자신의 몸값을 최대한으로 띄우고 또 '악당'에 대한 기대치를 한껏 끌어올려 두어야 한다.

그리고 그 첫 발판은 드라마가 될 것이었다.

3S 엔터테인먼트 회의실.

강찬이 도착하자 한우진은 세 개의 대본을 테이블 위로 펼치며 말했다.

"이 셋 중에 하나를 고르시면 됩니다."

오디션을 보는 것도 아니고 내가 대본을 고르라니. 어지간한 톱스타들이나 받을 대우에 강찬이 의아한 표정을 짓자 한우진이 말했다.

"우리 회사로 들어온 제의 중 세 개 골라 온 거니까 그런 표정 안 지어도 됩니다."

그렇다면 이해가 간다.

드라마에서 배우를 캐스팅하는 방법은 대표적으로 두 가지가 있다.

첫째는 오디션.

말 그대로 참가자들을 받아 개중 배역에 가장 어울리는 사람을 골라내는 작업이다.

둘째는 에이전시에 캐릭터 시트와 쪽대본을 보내는 것.

이 경우 에이전시에서 알아서 배우들을 골라 그들의 신상과 포트폴리오, 그리고 연기 비디오 등을 보내준다.

이것도 오디션과 별반 다를 게 없으나 에이전시에 밀어주는 배우들을 집어넣을 수 있다는 게 다르긴 하다.

"그럼 전 고르기만 하면 되겠네요."

"예."

그건 그렇고 한우진이 직접 나온 것은 의외였다. 아무런 이유도 없이 직접 오진 않았을 터. 한우진을 바라본 강찬이 직구를 던졌다.

"저는 캐스팅 매니저분이 나오실 줄 알았는데 직접 오셨네요?"

"시사회 기사 보고 생각이 달라져서 말입니다."

시사회 후 강찬의 인맥이 낱낱이 밝혀진 기사를 말하는 것일 터.

에이전시와 제작사는 공생 관계다.

한쪽은 배우라는 원자재를 공급하고, 다른 한쪽은 원자재를 사용해 영화나 드라마라는 제품을 만들어 판다.

원자재를 공급하는 상인에게 가장 중요한 것은 원자재를 사가는 사람들이다. 많은 제작사를 알면 알수록 많고 다양한 원자재를 팔 수 있으며 그 돈으로 회사를 성장시킬 수 있는 것.

그렇기에 직접 나온 것이다.

강찬과의 인맥을 쌓고 그의 뒤에 있는 거목들에게 줄을 대보기 위해서.

그의 말뜻을 이해한 강찬이 천천히 고개를 끄덕이자 한우진이 미소를 지었다.

자신이 가진 게 아닌, 자신의 뒤에 선 이들 때문에 이 자리에 나왔다 말한 것이나 다름없다. 하지만 강찬은 고개를 끄덕였고, 그 의미는 자신의 뒤에선 이들 또한 자신의 힘으로 생각하고 있다는 것이나 다름없다.

'영리한 놈이야.'

이쪽 방면으로 재능이 있어 이렇게 빠르게 올라왔나 싶었더니 그게 아닌 모양. 한우진은 표정을 가다듬은 뒤 말했다.

"일단 일 얘기부터 합시다. 사전 제작 드라마 하나, 일반적인

망중한 235

드라마가 하나, 그리고 영화가 한 편 있습니다."

말을 마친 한우진이 세 개의 대본을 건넸다. 강찬은 대본에 쓰인 제목을 쓱 훑었다.

영화는 '불량남매'라는 제목이었으며 드라마는 '결혼할래요?'와 '달이 내린 하늘'이라는 제목.

'셋 다 모르겠는데.'

강찬의 기억 속에서 흐릿한 제목이라는 것은 흥행에 성공하지 못했다는 말과 다를 것이 없었다.

시간이 넉넉했다면 지식을 이용해 드라마를 골랐을 테지만 아쉽게도 시간이 없었다. 게다가 애초에 3개월이라는 타임리밋을 건 것 또한 강찬 본인. 별수 없었다.

"세 개가 최종 후보인 거죠?"

"네."

그의 말에 고개를 끄덕인 강찬의 손이 먼저 향한 곳은 영화 쪽 대본이었다.

그걸 본 한우진이 말했다.

"강 감독이 영화 쪽 고를 거라 생각하긴 했는데, 다른 두 드라마에 비해 리스크가 좀 있습니다."

그의 말대로 출연 비중도 적고 캐릭터도 그다지 특성 없는, 강찬이 아니라 누가 들어가더라도 1인분은 해낼 수 있는 배역이었다.

'일단 영화는 제외.'

영화의 장르가 코미디인 것은 괜찮았으나 캐릭터가 마음에 들지 않았다. 다른 사람 밑에서 배우를 하는 것은 이번 한 번이 처음이자 마지막일 테니 제대로 하고 싶었기 때문.

강찬이 '결혼할래요?'의 대본으로 손을 뻗자 한우진이 말을 보탰다.

"난 그거 추천합니다. 강 감독 캐릭터랑도 좀 어울리고 분량도 나쁘지 않고, 로맨스도 좀 있고."

캐릭터와 어울린다는 게 무슨 뜻인가 하고 대본을 보니 좋은 대학을 다니는 재수 없는 캐릭터였다. 게다가 집에 돈도 많다는 설정.

그런 주제에 여주인공만 바라보는 순애보인데, 여주인공과 연결되진 않고 여주인공의 친구와 연결된다는 설정이었다.

"⋯⋯제가 이런 캐릭터입니까?"

"비슷하죠? 아무래도 대중이 보기에는."

자기 눈에도 그렇다는 걸 돌려 말하는 건가 하던 강찬은 다시 대본을 훑었고 이내 고개를 살짝 저으며 말했다.

"로코는 별로네요."

"그럼 남은 건 사극뿐인데, 이건 비중이 좀 적습니다. 대신 액션 신이 한두 개 있어서 강 감독 이미지 굳히기 좋긴 할 텐데. 괜찮을지는 모르겠네."

로맨스 코미디. 드라마 장르에서는 스테디셀러라 불릴 만큼 잘 팔리는 장르다. 그런데도 강찬의 기억 속에 없다는 것은 폭삭 망한다는 반증이나 다름없고, 그런 가능성이 보이는 드라마에 출연하고 싶은 생각은 없었다.

마지막 남은 드라마는 사극. 그것도 미니시리즈다. 게다가 2006년은 고구려 열풍이라는 말이 돌 정도로 많은 사극이 방송된 해였다.

주몽과 태왕사신기, 연개소문과 대조영까지. 쟁쟁한 사극들이 쉴 새 없이 방영되었으며 2006년은 사극의 해라는 말이 있을 정도.

물론 그 기세를 타 다양한 사극이 제작되었으나 소리소문없이 사라진 것은 당연한 수순이었다.

"그런 와중에 미니시리즈라."

원래의 미니시리즈는 8부작을 의미했으나 한국에 들어와 뜻이 변질되며 16부작을 의미하는 말이 되었다.

여기서 중요한 것은 사극을 미니시리즈로 만든다는 것.

'이거 왜 망했는지 알겠는데.'

사극은 준비할 것이 많다. 그중에 가장 큰 것이 세트. 아무래도 시대극이다 보니 정상적인 로케이션은 불가능하고 산이나 절, 궁 같은 곳에서만 촬영이 가능했다.

게다가 소품.

사극을 찍을 때는 주연들의 옷과 소품을 제작하는 경우가 많다. 돈을 주고 만들었으니 최대한 오래 써야 하는데 16부작이면 8주, 즉 두 달도 방송하지 못하는 것이다.

그 안에 인기를 끌면 연장을 하긴 하겠지만, 애초에 드라마 연장 편성이라는 게 그렇게 쉬운 거였으면 아무나 했을 터.

미니시리즈 사극 '달이 내린 하늘.'

짧게 혀를 찬 강찬은 대본이나 읽어보자는 생각으로 대본을 폈고 이내 그의 눈이 빠르게 움직였다.

'어?'

대본이 생각보다 괜찮다. 사극이긴 하지만 분위기가 가벼운 게 마치 로맨스 코미디 장르와 같다.

뻔하디뻔한 신데렐라 스토리긴 하지만 그 안에서 클리셰를 비꼬는 대사나 상황이 꽤 재미있었다.

대본의 지문을 읽는 것만으로 입가에 미소가 번졌고 그 안에서 자신이 해야 할 캐릭터를 본 강찬의 고개가 자기도 모르게 끄덕여지기 시작했다.

그 모습을 본 한우진이 말했다.

"대본 괜찮긴 하던데. 감독 한 명 제외하고 다 신인이라 어떻게 될지 잘 모르겠는 작품입니다. 게다가 미니시리즈라."

"그렇긴 한데 대본이 생각보다 괜찮은데요?"

작가의 이름을 보니 '조대현'이라고 쓰여 있었다. '조대현, 조대현' 하고 이름을 곱씹어봤지만, 딱히 생각나지 않는 게 미래에 유명해질 사람은 아닌 모양이다.

"혹시 조대현 작가라고 아세요?"

"조대현이라고 중고 신인 작갑니다. 사극 두 개 찍었는데 하나는 거하게 말아먹었고 하나는 그나마 중박은 쳐서 손익분기는 넘었다 합니다."

즉, 이번 작품이 조대현에게는 분기점이 될 수도 있다는 뜻이었다. 대본을 보며 생각에 잠겨 있던 강찬이 물었다.

"대표님이 보시기엔 어때요, 이 작품?"

"아까 말한 대로. 반반이라고 봅니다. 뭐 근데 드라마가 다 그렇지 않습니까. 아무리 스타 작가, 스타 감독, 스타 배우들이 모이더라도 뭐 하나 안 맞으면 쫑 나는 거고, 신인들이 모여도 자기들끼리 케미 뺑뺑 터뜨리면 대박 나는 거고."

다 신인이라는 것은 누가 떠도 이상하지 않다는 것이고 그게 강찬이 되지 말라는 법은 없었다.

게다가 모두가 신인이라는 것은 경쟁 상대가 고만고만하다는 것. 물론 중심을 잡아줄 경험 있는 배우들을 캐스팅하긴 하겠지만.

'내 경험이 더 많다.'

게다가 연기나 액션은 이미 '악당'에서 검증을 받은 것이나 마찬가지인 상황. 다른 이들보다 눈에 띄면 띄었지 그들에게

밝힐 염려 따위 없었다.

결정을 내린 강찬이 한우진의 눈을 바라보며 말했다.

"이걸로 가죠."

"예."

짧은 악수를 마친 한우진이 말을 이었다.

"다음 주 화요일 날 미팅 있으니까 그 전에 다시 연락드리겠습니다."

미팅.

감독과 작가, 그리고 주·조연의 배우들이 만나 안면도 트고 분위기도 살피는 자리다. 배우나 감독은 별로 기대가 되지 않았다.

하지만 '달이 내린 하늘'의 대본을 쓴 조대현. 그 사람이 어떤 사람인지 기대가 되었다. 대본에서 느껴지는 센스와 위트, 그리고 탄탄한 기본기는 그가 머지않아 스타 작가가 될 거라는 걸 암시하고 있는 듯했으니.

'만약 내 사람으로 만들 수 있다면.'

벌써 기대가 되기 시작했다.

9월 31일.

선댄스 영화제에 '악당'의 접수를 마친 강찬은 곧바로 드라마 '달이 내린 자리' 미팅 장소로 향했다.

미팅 장소는 드라마를 방송하는 SBC 방송국의 본사, 드라마국의 회의실이었다.

회의실에 도착하자 중년의 사내 하나와 조금 젊어 보이는 사내가 스태프로 앉아 있었고 반대편에는 배우들이 둘러앉아 있었다.

"안녕하세요. 강찬입니다."

강찬이 들어서며 인사를 하자 사람들의 이목이 집중되었다. 배우들은 연예인을 만난 듯 신기한 눈으로 강찬을 바라보고 있었고 PD와 작가는 그저 고개를 끄덕일 뿐이었다.

스태프들의 반응이 마치 짜기라도 한 듯한 모양새. 강찬은 의아함을 느끼면서도 자신의 이름이 붙어 있는 의자에 앉았다.

강찬이 자리에 앉자 스태프 쪽에 앉아 있던 여자가 말했다.

"아직 두 분이 안 와서. 그분들까지 오시면 소개는 한 번에 할게요."

"네."

강찬이 고개를 끄덕인 뒤 주변을 살폈다. 각자의 자리 앞에는 이름표가 있었는데 강찬의 경우 '강찬: 조연 - 이남덕'이라고 쓰여 있었다.

이름표를 통해 주연과 조연을 살피던 강찬은 자신이 아는 얼굴이 단 하나도 없다는 것에 짧은 한숨을 쉬었다.

그리고 빈자리의 이름표를 보았을 때.

[이한: 주연 - 천우진]

이한이라면 현역 아이돌이자 배우다. 잘생기고 착한 데다 연기까지 잘하는, 굳이 따지자면 송인섭과 같은 부류였다.

다른 점이 있다면 송인섭은 몇 년이 지나지 않아 사그라지지만, 이한은 계속 붉은 꽃이라는 것.

'이한이라.'

이름과 얼굴은 얼핏 기억이 나지만 그가 언제 뜨는지까지는 기억나지 않았다. 하지만 확실한 건 이번 작품으로 뜨는 건 아니다.

하지만 그의 팬덤이 있기에 기본적인 인기몰이는 할 수 있을 터.

'흠.'

이 정도 대본과 아이돌이라는 티켓파워를 가진 이한.

'이 정도면 떴어야 하는 거 아닌가?'

돌아오기 전, 스무 살의 강찬은 영화 제작에 미쳐 있었다. 그렇기에 수많은 영화와 드라마를 탐독했고 이때부터 거의 모든 미디어를 챙겨 보는 습관이 생겼었다.

그런데도 모르는 작품이라면 정말 망했다거나.

'뭔가 문제가 있겠네.'

하지만 만약 강찬이 해결할 수 있는 문제라면? 이야기는 쉬워진다. 문제를 해결해 버린 후 연기를 하며 인지도를 얻는다. 그 와중에 좋은 각본을 쓴 조대현까지 픽업할 수 있다면 금상첨화.

'일단 파악부터 해보자.'

강찬은 차분히 다른 이들을 살피며 기억을 되짚었고, 눈앞에 있는 이들의 이름을 되뇌었다.

약속된 미팅 시간은 오후 2시. 하지만 오후 2시 10분이 넘어가도록 이한은 도착하지 않았다. 거의 스무 명에 가까운 사람이 이한 한 명만을 기다리고 있는 상황.

"언제 온대?"

"10분 안으로 도착한다는데……."

"30분 전에도 그 소리 하더니만."

스태프의 말을 끊은 PD는 짧게 혀를 차더니 배우들을 보며 말했다.

"늦은 사람이 잘못이니 우리끼리 먼저 시작합시다. 이번 드라마의 PD를 맡게 된 방태민입니다. 이쪽은 각본을 맡은 조대현 작가."

방태민과 조대현의 순서를 지나 다른 스태프들, 그리고 배우들의 소개 시간이 되었다. 그리고 돌고 돌아 강찬의 순서가 되었을 때.

"늦어서 죄송합니다!"

문이 벌컥 열리며 이한이 들어왔다. 그는 음악방송 무대를 하고 온 것인지 무대 화장을 덕지덕지 칠한 채였다.

"다음부터는 늦지 않도록 하겠습니다. 죄송합니다!"

그는 허리를 깊게 숙이며 배우와 스태프들 모두에게 사과한 뒤 PD를 바라보았다.

"아, 네. 앉으세요."

방태민 PD는 상관없다는 듯 무심한 투로 말했지만, 그의 눈은 이한을 훑고 있었다. 곧 이한이 자리에 앉자 방태민이 말을 이었다.

"강찬 배우, 계속하세요."

강찬이 자리에서 일어서며 말했다.

"이번 드라마에서 이남덕 역을 맡게 된 강찬이라고 합니다. 잘 부탁드립니다."

강찬의 인사에 박수와 떨떠름한 시선이 동시에 꽂혔다. 떨떠름한 시선의 주인은 방태민 PD였다.

왜 저런 시선을 보내는지는 충분히 예상이 간다. 이미 영화 한 편을 완성한 스무 살의 감독이 대표작 하나 없는 드라마

PD의 아래로, 그것도 배우로 들어왔다.

심지어 자신의 작품에서 주연으로 활동한 경험까지 있는 사람. 게다가 그의 뒤에 누가 있는지는 시사회를 통해 만천하로 알려졌다.

어떻게 다뤄야 할지 모르니 일단은 거리를 두는 것일 터. 기류를 읽은 강찬은 군이 말을 보태지 않고 자리에 앉았다.

짧은 인사말이었지만 주변 사람들이 자신을 어떻게 생각하는지는 충분히 알 수 있었다. 공교롭게도 강찬의 다음은 이한이었다.

강찬의 옆자리인 그는 자리에 앉자마자 다시 일어서 소개를 했다.

"안녕하세요! 이한입니다! 첫 미팅부터 늦어서 죄송하고 앞으로 지각은 절대로 하지 않겠습니다. 그럼 앞으로 잘 부탁드립니다!"

기합이 팍팍 들어간 인사에 강찬의 입가에 미소가 번졌다. 이한을 지나 몇몇 배우의 인사를 마지막으로 소개가 끝났다.

모두의 소개가 끝나자 방태민 PD는 작품에 대한 간단한 소개와 자신의 촬영 방식에 대해 설명했고 곧 완성된 대본을 배우들에게 건넸다.

"다들 알겠지만, 미니시리즈 사극입니다. PPL 들어올 구석도 없고 그렇다고 이슈를 끌 만한 구성도 아닙니다."

방 PD의 말에 사람들의 시선이 둘로 나뉘었다.

아이돌이 이한과 영화감독인 강찬.

두 사람에게 몰린 시선을 느낀 방 PD가 헛웃음을 흘리며 말했다.

"그 이슈를 말한 건 아닙니다만. 어쨌거나 그래서 난 마음에 안 듭니다. 다른 방송국들이 사극으로 대박을 터뜨리니까 우리도 구색은 맞춰야겠고, 그런데 투자할 돈은 없으니 말 그대로 구색 맞추기로 드라마를 만드는 것 같다는 생각이 자꾸 들어서 말입니다."

그의 말에 강찬의 입이 벌어졌다.

'미친 건가. 아니면……'

드라마 종방연도 아니고 사전 미팅이다. 주요 스태프와 배우들이 모두 있는 자리에서 이런 소리를 하다니.

둘 중 하나다.

정말 미쳤거나, 아니면 충격 요법의 일환이거나.

"그래서 난 더 잘 해보고 싶습니다. 왜, 외국에 그런 휴먼드라마들 많지 않습니까. 이를테면…… 그 잭블랙 나오는 영화 있죠? 아무도 기대하지 않는데 본인들의 힘으로 성공해 버리는. 아, 그 영화 제목이 뭐죠?"

"스쿨 오브 락입니다."

"아, 그래요. 스쿨 오브 락."

강찬의 대답에 무의식적으로 칭찬을 한 방 PD는 강찬의 얼굴을 보곤 씩 미소를 지었다. 조금 전의 떨떠름한 표정과는 다른 얼굴.

"그런 영화 몇 개 더 있지 않습니까?"

"이런 플롯을 가진 영화는 많죠. 특히 일본의 워터보이즈나 스윙걸즈 같은 건 잘 만든 영화로 호평을 받기도 했고 국가……."

방 PD의 질문에 영화 '국가대표'의 경우를 예로 들려던 강찬의 말문이 막혔다. 국가대표는 2009년작. 아직 개봉은커녕 제작발표회도 하지 않은 영화다.

"국가 뭐요?"

"국가…… 별로 이런 흥행 코드가 있다고 말씀드리려 했습니다."

방민혁은 흠, 하고 강찬을 바라보다 이내 고개를 끄덕인 뒤 말을 이었다.

"어쨌거나 강찬 배우가 말한 것처럼 영화 같은 반전을 꾀하는 것은 아닙니다. 우리가 사는 세상은 각본 속이 아닌 현실이니까요. 하지만 시도는 해볼 수 있지 않겠습니까?"

방민혁 PD의 말에 다른 이들이 박수를 치기 시작했고 강찬 또한 박수를 쳤다.

'흠.'

어떤 사람인지 파악이 되질 않는다. 단순한 기분파인 건지, 아니면 모두 계획해 두고 움직이는 건지.

말하는 것을 보면 계획적인 사람인 것 같기도 한데 가끔 보이는 날 것 같은 눈빛이 또 그렇지만은 않다는 인상을 준다.

자신의 인지도도 올리고 조대현 작가도 건지러 왔다가 다른 숙제를 안게 된 첫 미팅은 그렇게 끝이 났다.

첫 촬영 전, 드라이 리딩이 있었다.

드라이 리딩이란 배우와 PD진이 모여 대본을 읽는 자리다. 배우들은 진짜 연기를 하듯 대본을 읽고 그것을 본 PD진이 자신이 원하는 캐릭터, 그리고 느낌을 전해 캐릭터에 대한 이해를 맞춰가는 자리.

"제가 무얼 해야 하겠습니까."

"가서 황가 놈의 수급을 베어 오너라."

"황인호의 목, 그것이면 저를 인정해 주시는 겁니까?"

낭인인 강찬, 그리고 양반의 자제인 이한 두 사람의 대사가 이어지자 다른 이들의 이목이 집중되었다.

자신이 캐스팅하는 배우의 연기력을 체크하는 건 PD의 기본. 방태민 PD 또한 만 원의 행복과 그가 출연했던 '우리들'을 보아 그가 연기를 어느 정도 한다는 것은 알고 있었다.

'잘하네.'

처음 하는 사극, 게다가 현장도 아닌 드라이 리딩 자리였지만 강찬의 연기는 물이 올라 있었다.

게다가 방태민이 원하는 캐릭터를 정확히 알고 '이남덕'이라는 캐릭터를 제대로 연기했다.

'역시 감독이라는 건가.'

방태민은 강찬에게 반의 기대와 반의 걱정을 품고 있었다.

어린 나이에 저만한 위치에 올랐다는 것은 단순히 뒷배경만 가지고는 될 수 없다. 하지만 알아본 바로 그가 가지고 태어난 뒷배는 없었다.

그렇기에 기대가 있었고, 강찬은 그 기대를 완벽히 충족시켜 주었다. 그와 함께 연기하는 이한이 묻혀 보일 정도.

'이한은 괜찮아. 문제는 여주인공인데.'

강찬과 이한은 잘한다. 하지만 다른 배우들의 연기가 생각 이하다. 물론 아직 드라이기에 현장에 가봐야 알겠지만.

'캐릭터에 몰입은 해야 할 거 아니냐.'

여주인공, 강하니의 연기를 보던 방태민이 이마를 쓸어 넘겼다. 아무도 기대하지 않는 드라마. 그렇기에 간절했다.

'이것도 망하면 난 끝이다.'

이미 몇 번의 기회를 날렸다. 그렇게 찾아온 마지막 기회.

겉으로 보기에는 보잘것없는 기회였지만 그렇기에 소중하다.

이걸 잡아 대박, 아니, 중박까지만 치더라도 다음 드라마를 찍을 수 있을 터.

무언가 결심을 내린 방태민 PD가 고개를 끄덕였다.

"오케이, 그럼 오늘은 여기까지 하겠습니다. 그럼 첫 촬영 때 완벽한 컨디션으로 뵙길 바랍니다. 수고하셨습니다."

대본의 드라이 리딩이 끝나고 배우들이 돌아갔을 때, 방태민 PD가 조대현 작가의 어깨를 두들기며 말했다.

"한 대 피우러 가지."

"예."

두 사람이 옥상으로 올라갈 때, 강찬은 두 사람을 바라보다가 이내 고개를 끄덕였다. 그리고 두 사람이 엘리베이터를 탄 것을 확인한 뒤 다음 엘리베이터를 타고 옥상으로 향했다.

옥상으로 올라서 담배를 하나씩 물었을 때, 방태민 PD가 말했다.

"조 작가 생각은 어때."

"뭐가요?"

"드라이 리딩 본 소감."

조대현은 흰 연기를 후, 하고 뿜으며 말했다.

"뭐 캐스팅할 때부터 그랬지만 이한하고 강찬, 두 사람을 눈여겨보면 될 것 같습니다. 이한은 처음치고 안정적이고 강찬은 잘하던데요."

방태민 PD 또한 똑같이 생각하고 있었다. 하지만 결론은 조금 달랐다.

"눈여겨보는 거 말고, 좀 더 해보는 건 어때."

"어떻게요?"

"내 생각에 여주인공이 좀 약하거든."

"아무래도 두 사람에 비하면 인지도가 아예 없는 수준이니까요. 게다가 연기도 눈에 밟히지 않는 수준이고요."

여주인공의 이름은 강하니.

대학로 연극을 전전하다 에이전시에 발탁되었으나 아직 카메라 앞에 서본 적은 없는 초짜였다. 잘 다듬으면 빛을 낼 거 같긴 한데 문제는 이번 작품에서는 다듬을 시간이 없다는 것.

"그냥 투톱으로 가볼까."

"예?"

"어차피 16부작이야. 8주면 끝난다고. 조 작가도 알잖아. 우리 거 방송하고 난 다음 드라마 예산 100억 넘어가는 거. 걔네 캐스팅 펑크 나서 우리가 들어가는 거고."

알고야 있다.

원래 조대현이 쓴 시나리오는 16부작이 아니라 32부작이 되어야만 하는 이야기였다. 하지만 방송국은 16부작을 원했고 어쩔 수 없이 이야기를 반 토막 내어 수정할 수밖에 없었다.

원래 '달이 내린 하늘'은 내년에서나 제작에 들어가야 하는 드라마다. 하지만 SBC에서 힘을 주고 제작하려던 드라마가 캐스팅부터 불발이 되어버렸고 그사이 공백이 생겨 버렸다.

그 빈틈을 메우는 게 이번 드라마인 것. 그렇기에 모두가 신인인 기이한 구조의 캐스팅이 완성된 것이었다.

"이번 거 망해봤자 아무도 신경 쓰는 사람 없을 거란 말이야. 그러니까 시도를 해보자고."

그때 대답하려던 조대현 작가의 눈이 방태민 PD의 뒤로 향했다. 조대현의 시선을 읽은 방태민 또한 뒤를 돌아보았고, 그곳에 앉아 캔음료를 마시고 있는 강찬을 발견했다.

"……쟤가 왜 여기 있어?"

두 사람과 눈이 마주친 강찬은 하하, 하고 어색하게 웃으며 두 사람에게 다가와 말했다.

"PD님께 드릴 말씀이 있어서 왔는데 두 분이 이야기 중이시기에 기다리고 있었습니다."

"이야기요?"

"예. 리딩 때 보니까 저랑 비슷한 생각을 하고 계신 것 같아서요."

비슷한 생각?

드라이 리딩 때 자신은 별다른 말을 하지 않았다. 단지 캐릭터를 잡기 위해 이런저런 연기를 시켜보았을 뿐이었다.

'표정에서 드러났나?'

하는 얼굴로 조대현을 바라보자 그 또한 딱히 짚이는 게 없다는 표정으로 방태민을 바라보았다.

다시 강찬의 얼굴을 보자 그는 미소를 짓고 있었다. 마치 내가 가진 카드가 궁금해 죽겠지? 하는 얼굴. 일면에서는 자신감까지도 느껴지는 그의 얼굴에 헛웃음이 났다.

"일각에서는 강찬 배우보고 천재 감독이라 하던데."

"과찬이십니다."

말로는 과찬이라면서도 얼굴은 그대로, 전혀 부끄러워하는 기색이 없다. 그의 모습에 천천히 고개를 끄덕인 방태민이 말했다.

"무슨 이야기인지 말씀하시죠. 우리 천재 감독님은 어떤 생각을 하고 계신지 궁금하네요."

"두 분 강하니 배우를 어떻게 생각하시나요?"

강찬이 말문을 트자 두 사람의 시선이 그의 입으로 집중되었다. 강찬은 일부러 잠깐 뜸을 들였다.

이들이 원하는 것은 드라마의 흥행이다. 누가 뭐라 하든 간에 자신의 작품이 흥하는 것을 원하지 않는 이는 없을 터.

강찬은 그 점을 노렸다.

드라이 리딩 당시, PD와 작가의 눈은 만족하지 못하고 있었다. 그들의 눈이 만족을 표할 때는 강찬과 이한이 연기할 때뿐이었다.

즉 다른 이들의 연기에 만족스러워하지 않고 있다는 뜻이나 다름없었고, 강찬은 그들의 시선에 담긴 뜻을 단박에 이해했다.

'이대론 안 된다.'

무언가 수를 내어 드라마를 흥행시키고 싶을 테지만 저들이 가진 카드의 수가 너무 적었다. 그리고 저들에게 모자란 것을 강찬이 채워줄 수 있었다.

"강하니 배우라…… 우리가 한 대화를 들었나요?"

"아뇨."

하긴 강찬이 앉아 있던 벤치와 자신들의 거리는 5m는 족히 되었다. 소리를 지르며 대화를 한 것도 아닌 데다가 꽤 많은 사람이 있는 옥상이기에 못 들었을 것이다.

방태민 PD는 씁, 하고 짧은 숨을 들이쉬었다.

강찬의 커리어, 그리고 그가 가진 뒷배는 들어서 알고 있다. 하지만 아직 그에 대해 모르기에 자신의 생각을 먼저 꺼내기 부담스러웠다.

그의 짧은 숨에 담긴 뜻을 읽은 강찬이 먼저 말했다.

"조대현 작가님의 대본은 굉장히 좋습니다. 방태민 PD님의 연출력이 더해진다면 적어도 중박 이상은 칠 수 있겠죠. 문제는 배우입니다."

두 사람이 생각하고 있던 것과 같다.

조대현의 대본은 연기력을 필요로 했다. 두 주연 사이의 미묘한 감정선, 그리고 그것으로 생기는 사건이 주를 이룬다.

"제 생각에 강하니 배우를 주연으로 하면 대본 못 살립니다. 연기를 못하는 건 아니지만 조대현 작가님의 대본을 살릴 정도는 아니에요. 그렇다고 이한 배우가 커버할 수 있을 정도의 실력이냐 하면 그것 또한 아니죠."

스무 살짜리 배우가 말하는 것치고는 당돌하다. 아니, 누가 말을 하더라도 그런 생각이 들 것이었다.

하지만 강찬의 눈에는 욕심이나 다른 감정이 보이지 않았다. 그가 하는 것은 제작자의 시점으로 본 분석이었다.

거기에 강찬의 말이 이어지며 그의 능력 '설득'이 발동되었다.

원래 가지고 있던 의문과 생각, 그리고 강찬의 말이 더해지자 두 사람은 그의 말에 빠져들기 시작했다.

확실하지 않은 카드를 배제하고 높은 카드를 손에 쥔다. 달콤한 말임은 분명하다. 하지만 리스크 또한 있다.

"강 감독이 이야기하는 건 뭔지 알겠습니다. 저희 또한 그렇게 해볼까 하고 대화 중이었고, 근데 문제가 있는 건 아십니까?"

강 배우라 부르던 방태민은 어느새 강찬을 감 감독이라 부르고 있었다.

그것을 눈치챈 강찬은 씩 미소를 지으며 답했다.

"예. 대본을 수정해야 하죠."

"우리 촬영 기간은 세 달입니다. 방송 시작은 두 달 뒤고, 첫 촬영은 9일 뒤입니다. 그 안에 대본을 수정하고 배우들에게 숙지시킬 수 있다고 생각하십니까?"

드라마 한 편, 한 시간짜리를 만드는 데 걸리는 시간은 보통 2주일 이상이다. 하지만 한국 드라마는 일주일도 안 되는 시간에 제작을 하기도 한다.

갑작스러운 PPL, 시청자들의 반응, 배우들의 사생활 등의 변수로 인해 딜레이되는 상황이 발생하면 방금 나온 따끈한 쪽대본을 받아 들고 이입할 시간도 없이 바로 촬영에 들어가는 상황도 부지기수.

"당연히 가능합니다."

강찬의 당당한 반응에 방태민 PD가 고개를 끄덕였다. 그가 생각해도 가능한 일정이기 때문. 질문을 한 이유는 간단했다.

리스크를 짊어질 각오가 되지 않았기 때문이었다.

"그리고 제가 두 분을 도울 수 있습니다. 물론 두 분께서 제 안을 수락하시고 제 도움을 받아야 가능한 거겠지만."

그의 말에 방태민 PD와 조대현 작가가 서로를 바라보았다.

그들이 아는 강찬은 감독이며 시나리오 작가이자 배우다. 이번에 개봉할 작품을 보지 않았기에 확신은 없지만, 지금까지 공개된 것들만 보아도 그의 실력은 어느 정도 입증이 된 상태였다.

'도움이 되긴 하겠지.'

백지장도 맞들면 낫다는데 하물며 한 명의 감독이 돕는다면 훨씬 나아질 터. 그의 말을 들으면 들을수록 묘한 기대감이 드는 것 또한 사실이었다.

두 사람이 서로를 바라보는 것을 본 강찬이 말을 이었다.

"저는 분량이나 캐릭터에 대한 욕심은 없습니다. 그저 드라마가 성공해서 인기를 끄는 것 하나만 바랍니다. 그러기 위해서 필요한 게 대본 수정이라 생각하고, 그렇기에 두 분을 찾아온 겁니다."

강찬의 말에 방태민이 헛웃음을 흘렸다. 그의 말대로라면 강찬이 연기하는 캐릭터가 주연이 되며 전면으로 나서게 된다. 자연스럽게 분량이 많아지고 캐릭터가 살 터.

'스무 살 맞나.'

저 나이 때 보이는 막무가내로 진행하는 패기가 아닌 확실한 목적이 있는 노련함이 돋보였다.

자신이 가진 강점을 부각시키면서 상대와 자신이 원하는 것이 같다는 걸 강조한다. 그러면서 자신이 얻는 이득은 없다는 듯 상대가 얻는 이득만을 눈에 띄게 하는 화법.

방태민은 천천히 고개를 끄덕이더니 입을 열었다.

"일단 우리 두 사람이 대화할 시간이 필요합니다. 강 배우가 말한 대로 진행한다 해도 다른 사람들과 토의할 시간도 필요하고요."

"알겠습니다."

두 사람 모두 긍정적으로 생각하는 것 같긴 하나 확신은 없는 듯했다. 그렇다면 쐐기를 꽂아주면 되는 것.

그리고 쐐기는 준비되어 있었다.

강찬은 미소를 지으며 다음에 뵙겠다는 인사를 한 뒤 SBC 본사를 빠져나왔다.

"안 PD님."

-응.

"전에 말했던 만 원의 행복이요, 다음 달 말이나 다다음 달 초쯤에 진행할 수 있을까요?"

-일단 물어보긴 해야겠지만 안 될 건 없을 거 같은데. 맞다, 강 감독. 매니저 둘 생각 없어? 요즘 강 감독에 대한 모든 문의

사항이 영일로 들어오고 있어.

"저 매니저 있는데요."

-아, 진짜? 회사에서 대우 잘해주나 봐. 그럼 매니저분 번호 좀 알려줘.

"네. 번호가 01……."

강찬이 번호를 부르자 응, 응, 하고 듣던 안민영이 헛웃음을 흘렸다.

-이거 내 번호잖아.

"네."

-……네?

"네. 안 PD님 아직 못 들으셨어요?"

-뭔지 몰라도 안 들어도 될 것 같은데. 아니, 안 들어야 할 거 같은 느낌이야.

"백중혁 이사님이 안 PD님 제 전담 PD로 붙여주셨어요. 지금까지 모자란 저를 너무 잘 이끌어주셔서 제가 안 PD님과 평생 함께하고 싶다 말씀드렸더니 그렇게 하라 하시더라고요."

-……평생?

"그럼요. 백골이 진토될 때까지."

안민영이 충격을 받은 듯 하, 하하 하고 웃는 사이 강찬이 말했다.

"그럼 그렇게 정확한 일정 나오면 말씀해 주세요. 아, 그리고 좋은 소식."

-뭔데?

"연봉이 10% 이상 인상될 거라는 정보가 있습니다."

―……뭐? 진짜? 누가 그래? 이사님께서 그러서?

"그건 말씀 못 드리지만 오른다는 건 확실합니다."

-진짜지?

"그럼요. 설마 돈 가지고 거짓말하겠어요?"

안민영은 웃는 얼굴이 보일 정도로 업된 목소리로 재차 사실을 확인했다.

"그럼 앞으로 잘 부탁드려도 되는 겁니까?"

-그럼! 나만 믿어!

전화를 끊은 강찬은 씩 미소를 지었다. 그가 준비한 쐐기는 만 원의 행복이었다.

만 원의 행복은 일주일간 촬영해 2주간 방송한다.

즉, 2주일 동안 강찬에게 이목을 집중시킬 수 있는 기회. 이것을 이용한다면 드라마에 대한 기대와 강찬에 대한 관심, 두 마리 토끼를 한 번에 잡을 수 있을 것이다.

사흘 후.

그간 강찬은 '달이 내린 하늘'의 대본을 보며 어느 방향으로 수정해 나가야 할지를 고민했다.

'강하니를 조연으로 내리는 건 안 돼.'

이번 드라마에 나오는 이들은 거의 모두가 신인 혹은 무명이다. 이런 이들의 비중을 빼앗아 출연할 기회를 줄이는 것은 해서는 안 될 짓이다.

그러니 지금 배정된 것들은 건드리지 않은 채 최대한 재미를 살리는 쪽으로 수정을 해야 할 터.

'쉽지 않다마는.'

지난 사흘간 강찬은 어느 정도 가닥을 잡고 수정을 진행한 상태였다. 물론 조대현 작가의 성격을 모르기에 그가 어떻게 나오는지를 봐야겠지만.

'이왕 데뷔하는 거 화려하게 해야지.'

성공할 수 없는 판이라면 차라리 판을 새로 짜고 처음부터 시작하는 게 낫다.

강찬이 처음 대본을 봤을 때 생각한 것 또한 그것이고.

강찬이 한창 생각에 잠겨 있을 때, 그의 전화가 울렸다.

"네, 안 PD님."

-응. 만 원의 행복 김호철 PD한테 연락 왔어. 12월 첫 주가 어떻겠냐는데?

12월 초면 드라마가 딱 방영되는 시점. 나쁘지 않다.

"네. 그렇게 알고 있을게요."

-응.

전화를 끊은 강찬의 얼굴에 미소가 번졌다. 그들에게 확신을 줄 수 있는 쐐기가 생겼으니 이제는 박을 차례.

강찬은 곧바로 방태민 PD에게 전화를 걸었다.

"예, PD님. 말씀드릴 게 있어서요."

-네.

"다름이 아니라……."

강찬은 만 원의 행복에 출연하게 된 것과 시기를 말해주었고 그의 말에 방태민 PD가 놀라며 되물었다.

-진짭니까?

"예."

아무래도 강찬보다는 아이돌 가수인 이한이 대중적 인지도가 높다. 그렇기에 이한을 부각해 기사를 내고 언론을 몰 생각이었는데.

'강찬 배우가 예능을, 그것도 주연으로 찍는다면 상황이 달라진다.'

무조건 이슈가 될 것이고 그가 출연하는 드라마 또한 화제가 될 것이다.

'문제는 이 말을 나한테 한 의도인데.'

지금껏 보아온 강찬이라면 아무런 의도 없이 이런 말을 하지 않았을 것이다.

내가 이만큼 해주었으니 너도 성의를 보이라는 뜻일 것.

수화기를 든 채 천천히 고개를 끄덕인 방태민 PD가 말했다.

-곧 다시 전화드리겠습니다.

전화를 끊은 강찬의 얼굴에 확신이 서렸다. 방태민 PD의 반응을 보아 그의 말에 담긴 뜻을 확실히 이해한 게 분명했다.

그렇다면 이 기회를 놓치고 싶지 않을 것.

강찬은 느긋한 마음으로 다시 키보드를 두들기기 시작했다.

강찬에게 대본을 건네받은 조대현의 눈이 동그래졌다.

"이게 뭡니까?"

"수정 방안을 한번 생각해 봤습니다. 아무래도 갑자기 주연한 명이 추가되면 다른 배우들이 불편해할 게 분명하니 분량은 안 건드는 쪽으로 최대한 노력해 봤습니다."

대본을 한 번 본 조대현은 미간을 찌푸렸다가 이내 방태민 PD의 말을 떠올렸다.

'괜한 욕심 부릴 사람은 아니니까 한번 같이해 봐. 정 아니다 싶으면 나한테 말하고.'

대본은 자신의 영역이다. 영역을 침범받으면 경계심이 드는 것은 당연지사. 조대현은 편치 않은 기분으로 대본을 펴보았다.

그리고.

"……흠."

이내 빠져들었다. 큰 맥락의 변화는 없었다. 하지만 인물관계가 조금 더 간결해졌으며 거기서 오는 재미가 더해졌다.

자신이 힘을 주어 살린 장면은 아예 건드리지 않은 데다가 군더더기만 쳐냈다.

'좋은데?'

마치 시나리오를 처음 배울 때 대학교의 교수님에게 검수를 받은 느낌. 대본 자체가 깔끔해졌다.

정신없이 대본을 읽은 조대현은 이내 멍한 얼굴로 강찬에게 물었다.

"이거 본인이 직접 쓰신 겁니까?"

강찬은 미래대 학생. 거기에 영일 미디어아츠와의 연줄도 있으니 자신보다 프로페셔널한 이들을 많이 알고 있을 것이었다.

그런 이들에게 부탁했다면 이해가 빠를 터.

하지만 그의 기대와는 다르게 강찬의 고개가 끄덕여졌다.

"예. 어떠신가요?"

흠잡을 데가 없다.

방금 강찬이 했던 말 그대로. 분량은 건드리지 않은 대신 조명의 정도를 달리해 캐릭터를 부각시키고 몰입하게 만들었다.

극의 맥락을 정확히 이해하지 않으면 할 수 없는 작업.

조대현은 믿을 수 없다는 듯 강찬과 대본을 번갈아 보다 물었다.

"여기 4화 S24 장면은 무슨 의도입니까?"

그가 썼다는 것을 확인하고 싶었기에 물었다. 직접 쓴 게 아니라면 대답할 수 없는 질문. 하지만 강찬은 조대현이 던진 질문의 의도를 파악했다는 듯 자신 있는 미소를 지으며 답했다.

"그 전까지 수직적이던 두 사람의 관계가 수평적으로 변하는 계기입니다. 조대현 작가님이 의도하신 대로라면 8화는 되어야 저와 이한 배우의 케미가 나타날 거 같은데 저는 그 전에 터뜨리는 게 좀 더 낫지 않을까 생각했거든요. 이상하신가요?"

"아뇨."

그가 고민하던 내용 중 하나였다.

아직 촬영 전의 대본이었기에 차후에 좀 더 손보려 했던 부분. 그걸 강찬은 완벽히 캐치해 수정한 것이다.

"그럼 여기는요? 제 생각은……."

그는 몇 가지 질문을 더 던졌지만, 강찬은 완벽히 대답해 냈고 조대현의 생각은 완전히 달라졌다.

'이 사람, 진짜다.'

그의 커리어와 인맥은 그저 운이 좋아 만들어진 게 아니었다. 실력으로 쌓아낸 것이다. 그렇게 생각하자 순간 등골이 오싹해졌다.

'진짜 될지도……'

조대현은 절로 끄덕여지는 고개를 느꼈다. 그의 시선이 바로 달라졌다.

조대현은 홀로 시나리오를 쓰며 품고 있던 질문을 토해내기 시작했고, 두 사람은 시간이 가는 줄도 모르고 대본을 수정했다.

'달이 내린 하늘'의 촬영이 시작되었다.

의기투합한 감독과 작가, 그리고 배우들은 하나같이 열심히 해보자는 분위기 아래 촬영을 이어갔다.

여기서도 강찬은 빛났다.

배우 중 나이는 제일 어렸지만 현장 경험은 제일 많았기에 배우들의 중심이 되어주었다. 배우들의 연기를 케어해 주고 스태프들과 마찰을 줄였으며 그들 사이에서 가장 나은 연기를 보여주었다.

그렇게 두 달이 지나 한겨울이 찾아온 12월의 촬영장. 방태민 PD가 강찬에게 물었다.

"오늘인가?"

"예. 오늘 오후 2시에 촬영장으로 온답니다."

강찬의 대답에 방태민은 시계를 보았다. 지금 시간이 12시. 이제 2시간 후면 강찬을 촬영하기 위해 만 원의 행복팀이 온다.

지금까지 촬영분은 이제껏 그가 찍은 어떤 드라마보다 좋았다. 그러니 이제 띄우기만 하면 된다.

대중의 이목을 집중시킬 수만 있다면.

'이 드라마, 된다.'

홀로 의지를 다지는 방태민 PD를 본 강찬은 의자에 앉아 생각에 잠겼다.

'어떤 모습을 보여줘야 대중이 환호할까.'

지금까지 보여준 것은 액션과 유머.

그렇다면 이번에는 어떤 것을 보여주어야 할까. 그가 고민하는 사이 만 원의 행복팀이 촬영장에 도착했다.

12월 4일 월요일.

'달이 내린 하늘' 촬영장에 만 원의 행복 촬영팀이 도착했다.

"오랜만에 뵙습니다."

"예. 반가워요."

악수를 마친 만 원의 행복 PD 김호철은 강찬의 얼굴을 보며 물었다.

"몇 달 만이라 그런가? 분위기가 좀 변한 것 같네요."

"그래요?"

그의 시선을 의식한 강찬이 자신의 얼굴을 만져보았으나 분위기가 달라진 걸 얼굴을 만져서 느낄 수 있을 리 없었다.

"네. 그때는 감독이었고 지금은 배우라 그런가?"

김호철 PD는 흠, 하고 강찬의 얼굴을 뜯어보다 말을 이었다.

"어쨌거나 칭찬입니다."

"예. 그럼 칭찬으로 듣겠습니다."

헛웃음을 흘리고 있는 사이, 드라마의 PD 방태민이 다가와 두 사람이 인사를 나누었다. 일하는 방송국과 장르는 달랐지만 두 사람 모두 PD, 같은 직업이라는 공통분모로 두 사람은 어색함 없이 대화를 했다.

"그럼 잘 부탁드리겠습니다."

"제가 잘 부탁드려야죠."

환한 얼굴로 덕담을 나눈 뒤, 방태민 PD는 촬영을 위해 돌아갔고 김호철 PD가 강찬에게 다가오며 물었다.

"만 원의 행복이 어떤 프로그램인지는 아시죠?"

"예. 몇 번 봤습니다."

"그래도 혹시 모르니까 기본적인 룰만 다시 설명드릴게요."

만 원의 행복 룰은 간단하다. 프로그램 이름 그대로 만 원으로 일주일을 생활해야 하며 하루에 한 번씩 미션이 주어진다.

미션에 실패하면 잔액 500원씩 빼앗아 가며 성공하면 잔금을 지킬 수 있게 된다.

"적당히 융통성 있게 하시면 되고, 카메라 앞에서는 항상 배고파하시면 됩니다. 뭐 연기 잘하시니까 알아서 하실 거라고 믿고……."

강찬이 고개를 끄덕이자 김호철 PD가 물어왔다.

"식사는 하셨나요?"

"아뇨. 아직입니다만."

"그럼 바로 시작하죠."

"……네?"

강찬이 당황하는 사이 김호철 PD가 카메라 쪽으로 손짓했다. 그러자 카메라에 붉은빛이 들어오며 강찬의 얼굴을 찍기 시작했다.

"여기, 만 원입니다."

보라색 봉투에 든 만 원을 받자 뒤에 있던 스태프 한 명이 셀프 카메라와 귀여운 캐릭터 도시락을 건넸다.

"만나자마자 시작입니까?"

"예. 식사 안 하셨다면서요."

강찬이 헛웃음을 흘리는 사이 김호철 PD가 말을 이었다.

"다음 촬영은 언제세요?"

"아직 한 신 남았는데 한 30분 대기해야 합니다."

"그럼 인터뷰부터 따도 될까요?"

"……원래 이런 식으로 시작하나요? 제가 본 만 원의 행복은 이렇지 않았던 거 같은데."

그의 물음에 김호철 PD는 대답 대신 씩 웃어 보였다. 어쩐지 기분 나쁜 미소에 강찬은 저번 여름 이가은 편에서 그를 괴롭혔던 것이 문득 떠올랐다.

'설마……'

그때 일을 아직도 생각하고 복수를 하려는 건 아니겠지, 라는 생각을 마음 편히 하기에는 김호철 PD의 눈에 담긴 감정이 너무나 선명했다.

"그럼 인트로부터. 시작할게요."

김호철 PD가 편집점을 잡으려는 듯 짝, 하고 손뼉을 친 뒤 질문을 시작했다.

"저번에는 감독으로 영화 찍고 계신다더니, 이번에는 드라마에서 배우를 하고 계시네요?"

"네. 저번 영화 '악당'은 제작이 끝나서 선댄스 영화제에 출품했고요, 국내에서는 내년 초에 개봉할 예정입니다."

"바쁘게 움직이시네요. 이번 드라마는 어떤 드라만가요?"

"'달이 내린 하늘'은 사극인데요……."

김호철 PD는 강찬이 원하는 질문 리스트라도 가지고 있는지 강찬의 영화와 드라마, 그리고 그의 신상 정보에 대해 물었다.

물론 이 모든 게 방송으로 나가진 않을 것이었다. 강찬이 누구인지 모르는 이들을 위해 설명식으로 조금 나가는 게 다일 터.

'그게 어디야.'

일단 기회가 될 때마다 영화와 드라마를 언급하다 보면 한두 컷 정도는 나가지 않겠는가. 강찬은 김호철의 질문에 성심성의껏 대답해 나갔다.


인터뷰를 마치고 자신의 촬영까지 마친 강찬이 휴게실로 돌아왔다. 자신을 졸졸 따라다니며 촬영하던 카메라맨 또한 없는 상황.

강찬은 자판기에서 커피를 뽑으려다 멈칫했다.

'만 원이라…….'

지금은 2006년 12월. 만 원으로 일주일을 생활할 수 있을 정도의 물가긴 하다. 하지만 단순히 생활하는 것만 보여줘서는 대중들의 인기를 얻을 수 없을 것. 아예 짠돌이같이 생활해 돈을 안 쓰거나, 다 쓴 뒤 중간 점검에서 상대와 돈을 교환하거나.

'재미있는 건 교환인데.'

만 원을 다 써버린 뒤 게임에서 이긴다면 재미야 있겠지만 지금까지 쌓아온 캐릭터 이미지를 그런 식으로 소모하고 싶지 않았다.

'그러고 보니 상대는 누구지.'

만 원의 행복은 상대를 알려주지 않는다. 물론 기사가 먼저 나기에 인터넷 검색만 해봐도 알 수 있지만, 관심이 없다면 정말 모를 수도 있다.

강찬은 무심코 핸드폰을 꺼냈다가 인터넷이 되지 않는 사실을 자각하고는 다시 집어넣었다.

'이미지도 지키고 각인도 시키려면.'

강찬은 고개를 휘휘 저었다.

굳이 재미를 신경 쓸 필요 없다. 지금까지 없던, 강찬 자신만의 캐릭터를 보여주는 것만으로도 충분할 터. 괜히 두 마리 토끼를 잡으려다 놓칠 수도 있으니.

'보여줄 수 있는 것에 집중하자.'

전에는 현대식 액션이었다면 이번에는 사극식 액션, 그리고 연기를 제대로 보여줄 수 있다면 반응이 괜찮을 것이다.

거기에 제작에 참여하는 모습을 보여주고 김호철이 내는 미선을 전부 해결해 버린다면 이미지 메이킹 또한 제대로 할 수 있을 것이었다.

그가 천천히 고개를 끄덕이고 있을 때, 휴게실의 문이 열리며 카메라와 함께 김호철 PD가 들어왔다.

"뭐 먹었어요?"

"안 먹었습니다."

"에이, 거짓말."

강찬이 어깨를 으쓱이자 김호철 PD는 미심쩍은 눈으로 강찬의 주변을 둘러보았다. 뭐라도 걸리면 당장 벌금을 매길 것 같은 상황.

"지금 말하면 벌금 백 원, 거짓말하다 걸리면 벌금 천 원입니다."

"진짜 아무것도 안 먹었다니까요?"

강찬이 억울한 듯 말하자 그제야 김호철 PD가 한 걸음 물러서며 고개를 끄덕였다. 이 인간, 나한테 감정이 남은 게 분명하다.

"그건 그렇고 미션 있는 거 아시죠?"

"네."

"언제 하실래요?"

한껏 기대의 찬 눈을 보니 분명 괴랄한 것을 준비해 둔 것이 분명했다. 매도 먼저 맞는 게 덜 아프다고.

"지금 하죠."

"그럴까요?"

김호철 PD는 씩 웃더니 뒤에 있는 스태프 하나에게서 종이 뭉치를 건네받았다.

"고르세요."

네모나게 접힌 종이는 총 5개. 뭐가 적혀 있을지 궁금한 것도 잠시, 김호철 PD의 눈을 보자 뭐가 되든 500원을 뜯을 것이라 말하는 것 같았다.

호승심이 생긴 강찬은 제일 가운데 있는 종이를 뽑아 펼쳤고.

"……이소룡?"

"본 적 있으시죠? 어떤 분에게든 가서서 이소룡 연기를 하시면 됩니다. 상대가 30초 안에 맞추면 성공. 못 맞추면 실패입니다."

이소룡의 트레이드마크라면 노란 타이즈, 그리고 절권도와 특유의 제스처다. 엄지로 코를 문지르며 파이팅 포즈를 취하는.

생각보다 쉬운 문제에 강찬이 미소를 짓자 김호철 PD가 의외라는 듯 물어왔다.

"할 수 있겠어요?"

"예."

"흠…… 부끄러워할 거라 생각했는데."

"그런 의도였습니까?"

강찬의 말에 김호철 PD가 멋쩍게 웃으며 목을 긁었다.

"강찬 씨 평소에 무뚝뚝한 이미지잖아요. 질색할 줄 알았습니다."

"전 재산의 5%를 지키기 위해서라면 더한 것도 할 수 있을걸요."

강찬의 자신감에 김호철 PD는 오, 하는 얼굴로 강찬을 위아래로 훑었다. 마지막 말은 괜히 덧붙였나 생각할 때 휴게실의 문이 열리며 '달이 내린 하늘'의 여주인공 강하니가 들어왔다.

"아, 만 원의 행복 촬영 중이신가요?"

"네. 마침 잘 오셨어요. 미션 좀 도와주세요."

그녀 또한 신인. 방송에 나갈 기회를 마다할 이유가 없었다.

"좋아요."

강하니는 자신 있다는 듯 팔짱을 낀 채 강찬을 바라보았다. 그녀의 시선에 강찬은 헛기침과 함께 눈을 감았다가 떴다.

곧 강찬이 미간을 찌푸린 뒤 다리를 벌리고 섰다. 그리고 파이팅 포즈를 취한 뒤 몸을 살살 흔들다가 눈을 부릅뜨며 이소룡을 따라 했다.

"아뵤오!"

이런 걸 할 줄은 몰랐는지 강하니는 멍한 얼굴로 강찬을 바라보았다.

"하니 씨?"

"아, 네."

"모르겠어요? 아보오!"

촬영을 위해 한복을 입은 채로 이소룡 흉내를 내는 강찬의 꼴이 우스웠는지 강하니는 아하하, 하고 웃더니 말했다.

"그 중국 영화배우죠! 알아요."

"이름! 이름!"

시간은 어느새 10초밖에 남지 않았다. 쉽게 맞출 거라는 강찬의 생각과 달리 강하니의 대답이 늦어졌다. 당황한 강찬이 계속해서 이소룡 흉내를 내었고.

"성룡? 아닌데. 재키 찬도 아니고······."

"노란 타이즈! 아뵤!"

아직 한 푼도 쓰지 않았는데 이렇게 어이없게 500원을 뜯길 순 없다. 강찬이 다시 한번 제스처를 취하자 강하니는 씩 웃으며 말했다.

"이소룡!"

"정답!"

그녀의 대답과 함께 시계를 보니 2초가 남은 상황. 가슴을 쓸어내린 강찬이 헛웃음을 흘렸다.

이 여자, 정답을 알면서도 일부러 시간을 끌었다. 그래도 고맙다는 인사를 하자 강하니가 답했다.

"그럼 파이팅!"

그녀는 강찬이 아닌 카메라를 보고 예쁘게 웃으며 손을 흔들었다.


다음 날에도 만 원의 행복과 드라마 촬영은 계속되었다.

오늘은 강찬과 이한의 액션 신 촬영이 있는 날. 촬영장에 도착하자 거구의 무술 감독과 엑스트라들이 나와 있었다.

간단한 인사를 마치자 무술 감독이 이한과 강찬을 불렀다. 두 사람이 모이자 한 손에 가검을 든 무술 감독이 말했다.

"검 써본 적 있어요?"

"없죠."

두 사람 모두 없다고 대답하자 무술 감독은 검을 뽑아 들며 말을 이었다.

"생긴 건 진검 같아도 날이 없는 가검이에요. 찌르거나 베도 다치지 않습니다. 물론 몽둥이 수준의 무게는 되니까 너무 막 휘두르진 마시고요."

말을 마친 무술 감독이 가검을 내밀었고 강찬이 받아 들었다. 사극을 찍어본 적은 없었기에 가검을 손에 쥐어본 적도 처음.

'할 수 있을 거 같은데.'

액션과 연기의 힘일까.

가검을 손에 쥐는 순간 대본 속 동작들이 머릿속에 펼쳐졌고 몸을 움직여 보고 싶어졌다. 강찬이 자신의 손에 들린 가검을 보고 있을 때, 무술 감독이 말했다.

"검 쥐는 방법을 아시네요?"

"예?"

"파지법이라고 하는데, 검을 쥐는 방법이 있거든요. 지금 강찬 씨가 쥔 그 손가락 잘 기억해 두세요. 그렇게 잡으면 됩니다."

'그냥 쥔 것인데 이게 올바른 파지법이라니. 이것도 액션의 힘인가?'

그런 생각이 들 때, 무술 감독이 이한에게 파지법을 알려주기 시작했다.

자세히 보니 손가락의 위치가 묘하게 다르다. 검을 휘두를 때 무게 중심의 배분을 손가락으로 한다는 것을 알 수 있었다.

'한번 해볼까.'

강찬은 두 사람에게서 살짝 떨어져 사선으로 검을 휘둘렀다.

부우웅!

바람을 가르는 기분 좋은 소리. 자연스레 발이 앞으로 나가며 무게를 지탱하고 다음 동작으로 이어지기 위해 무게 중심이 이동한다.

한 번도 배운 적 없지만, 강찬은 어떻게 이동해야 다음 동작을 이어갈 수 있을지를 본능적으로 알았고, 본능에 몸을 맡겼다.

사선으로 검을 휘두른 뒤 검의 무게를 이기려 하지 않고 그대로 이용해 한 바퀴를 빙글 돌며 검을 올려친다.

'대본상 여기서 두 명을 베고.'

옆에서 찔러오는 검을 쳐낸다. 그리고 앞에 있는 이의 가슴에 검을 찌른 뒤 이한에게 향하는 검을 막는 것까지.

마치 수년 동안 훈련해 몸에 익은 듯 자연스러운 동작이 이어졌다. 그리고 그의 동작이 끝났을 때.

짝짝짝!

"와, 강찬 씨! 검 배운 적 없다면서요? 장난 없는데?"

이한과 무술 감독이 놀란 얼굴로 강찬을 바라보고 있었다. 특히 무술 감독은 눈이 휘둥그레져 있었고, 김호철 PD 또한 좋은 장면을 건졌다는 표정이었다.

"오늘 처음 맞아요."

"진짜요? 그럼 타고난 건가? 저 PD님, 방금 찍은 거 확인할 수 있습니까?"

그의 요청에 김호철 PD가 고개를 끄덕였고 곧 김호철과 무술 감독, 그리고 강찬이 방금 찍은 영상을 확인해 보았다.

'……이게 나라고?'

홀로 검을 휘두르고 있었지만 마치 상대가 있는 것 같았다.

뿐만 아니라 멋이 있었다. 마치 조선 시대의 무사처럼 진중한 얼굴로 칼을 휘두르는 모습.

"강찬 씨 연기 진짜 잘하는구나. 평소에도 잘한다 생각하긴 했는데 검까지 잘 다룰 줄은 몰랐네요."

강찬 자신도 몰랐다.

액션이 발아하며 모든 액션을 잘하게 된 것일까. 그것까진 모르지만 일단 검은 확실하다.

무술 감독이 덩치에 어울리지 않게 호들갑을 떨기 시작하자 자연스레 이목이 집중되었다. 그러자 조대현 작가가 다가오며 물었다.

"뭔 일 있어요?"

"이것 좀 보세요."

조대현은 이번 작품 '달이 내린 하늘'을 구상할 때 대본의 40% 정도를 액션으로 채웠었다.

하지만 대본의 축소 작업이 이루어지며 액션 신의 90% 이상이 잘려 나가 버렸고 결국 스토리 진행에 꼭 필요한 액션만 남게 되었다.

이유는 간단하다.

액션 신은 촬영이 오래 걸리는 데다 엑스트라와 장비들이 필요하기에 제작비가 많이 들기 때문이었다.

게다가 거의 모든 배우가 신인인 데다가 사극은 처음이었다. 이런 상황에 원하는 액션 신을 뽑아낼 수 있을 거라는 생각도 들지 않았기에 과감히 버린 것이었는데.

"와."

조대현 작가는 자신도 모르게 탄성을 흘리며 강찬을 바라보았다. 단순히 검을 들고 홀로 움직인 것뿐인데 박진감이 느껴진다.

마치 누군가와 목숨을 걸고 싸우는 것 같은 느낌.

'여기다 제대로 된 엑스트라들 넣고 연출 좀 하면……'

인제 와서 액션 신의 분량을 늘리는 것은 불가능하다. 하지만 지금 있는 액션 신을 보강하거나 한두 장면 정도 끼워 넣는 것은 충분히 가능한 일.

90% 이상의 액션 신을 버렸기에 그 정도 장면을 추가할 제작비 또한 남아 있는 상황이었다.

조대현 작가는 천천히 고개를 끄덕이더니 강찬에게 말했다.

"강 배우, 잠깐 저 좀 보죠."

조대현은 이미 강찬을 인정한 상태였다. 지난 두 달간 그가 보여준 연기, 그리고 가끔 그가 내놓은 아이디어와 애드리브는 드라마를 더욱 풍성하게 해주고 있었으니까.

그렇기에 강찬을 따로 부른 것이었다.

"왜 말 안 했어요. 액션 그렇게 잘한다고."

"······예?"

이들은 자신을 캐스팅하며 강찬이 출연한 '만 원의 행복-송인섭 편'을 보았다 말했었다. 강찬이 미간을 찌푸리자 조대현이 고개를 휘휘 저으며 말했다.

"미안해요. 작가는 난데 무슨 소리 하는 건지. 만 원의 행복 볼 때는 그냥 잘한다고 생각한 정도였는데 실물로 보니까 진짜 잘하네."

강찬은 액션 신을 늘리자는 제안을 했었다. 하지만 방태민과 조대현은 제작비의 문제를 들며 액션 신은 추가할 수 없다고 말했었다.

그 결과, 벌써 8화분을 찍었는데 지금까지 액션 신은 단 한 번도 없었다.

조대현이 말을 시작하자 어느새 따라온 김호철 PD가 카메라를 돌리기 시작했다. 조대현은 김호철을 쓱 보더니 말을 이었다.

"1화 인트로 부분 도망치는 신, 2화 마지막 담장 넘는 신, 6화 저자거리에서 주인공 둘이 눈빛 교환하는 신. 다 알죠?"

대본을 수정하기 위해 몇 번이나 봤기 때문에 다 알고 있었다. 게다가 이미 촬영을 마쳤기에 더 확실히 기억하고 있었다.

"거기 원래 액션 신 있었는데 다 사라진 거거든요. 다시 집 어넣읍시다."

강찬이야 좋다. 전부 자신의 분량이었고 액션은 전문 분야나 다름없으니. 하지만 문제는 시간이다.

세 개의 신이니 촬영이 오래 걸리진 않을 터, 하지만 완성해 둔 영상을 다시 편집하고 장소를 정하고 촬영을 다시 하는 것이 문제다.

"우리 첫 방까지 열흘 정도 남은 건 아시죠?"

강찬의 말에도 조대현 작가는 이미 마음을 굳힌 듯 고개를 끄덕이며 말했다.

"예. 그 안에 다시 한번 해봅시다."

강찬이 직접 액션 연기를 하는 것을 보여주면 무언가 변화가 있을 것이라 생각하긴 했지만, 이 정도로 파격적인 변화가 있을 거라곤 예상하지 못했다.

그렇다고 거절할 이유는 없기에 강찬은 고개를 끄덕였다.

"잠시만 기다려 주세요."

강찬의 수락이 떨어지자 조대현이 핸드폰을 꺼내 전화를 걸며 방태민 PD가 있을 곳으로 걸어가기 시작했다.

그 광경을 보고 있던 김호철 PD가 물었다.

"이번 대본도 직접 쓰신 겁니까?"

"아뇨. 조대현 작가님 작품입니다. 전 그냥…… 어시스트 정도로 생각하시면 되겠네요."

강찬의 말에 김호철 PD가 흠, 하더니 멀어지는 조대현 작가의 등을 보며 말했다.

"그럼 투자라도 하셨습니까?"

"아뇨."

김호철 PD 또한 얼마 전 강찬이 시사회를 했으며 거기에 이름 있는 셀러브리티들이 참가했다는 사실을 알고 있다.

자신이 아는 사실을 강찬을 캐스팅한 드라마의 PD와 작가가 모를 리 없을 터.

'그들의 얼굴을 보고 강찬에게 잘 보이려 한다?'

비약이다.

강찬의 시사회에 참여한 이들은 거물이라 불러도 손색이 없는 이들이긴 하지만 그들에게 잘 보이기 위해 강찬에게 잘 보일 필요는 없다.

차라리 드라마에 집중해 자신의 이름을 높이는 게 더 빠를 것. 그렇다면 조대현 작가가 강찬에게 하는 행동은 오롯이 그의 실력을 보고 대우를 해주는 것이라는 뜻이 된다.

'그 정도라고?'

조대현의 반응을 보아하니 그가 보지 못한 무언가가 강찬에게 숨겨져 있는 모양이었다. 그가 블루칩이라는 건 알고 있었지만, 이 정도일 줄이야.

생각을 정리한 김호철 PD가 강찬의 이름을 부르려는 순간.

"잠시만요."

강찬의 전화가 울렸다. 그는 네, 네, 하고 전화를 끊더니 이내 김호철 PD를 보며 말했다.

"방태민 PD님이 일 때문에 그런데 잠깐 보자고 하시네요. 잠깐 다녀올게요."

"네. 뭐 드시면 안 됩니다."

"하하, 절대 안 먹겠습니다."

인사를 마친 강찬이 방태민 PD에게로 향하자 김호철이 흠, 하는 소리와 함께 그의 발걸음을 지켜보았다.

'보면 볼수록 탐이 난단 말이지.'

하지만 자신의 입으로 3개월, 거기에 만 원의 행복 출연이라는 못을 박아버렸다. 지금까지 보아온 성격상 자신의 말을 번복하진 않을 것.

'그럼 어떻게 해야 이 바닥으로 끌어들일 수 있을까.'

김호철 PD는 강찬의 뒷모습을 보며 생각에 잠겼고, 강찬은 원인 모를 오한을 느끼며 방태민, 그리고 조대현 두 사람과 마주 앉아 액션 신 추가에 대한 이야기를 시작했다.

먹고 싶은 것을 먹지 못한다는 것, 그리고 어디를 가든 카메라가 따라다닌다는 것은 생각 이상의 스트레스를 주었다.

하지만 강찬은 그 스트레스를 느낄 시간도 없이 바쁘게 일주일을 보냈다. 조대현과 머리를 맞대고 대본을 수정했으며 방태민과 이야기하며 연출에 대해 고민해 보았다.

방태민 PD는 조대현 작가가 강찬에게 의지하는 것을 마음에 들어 하지 않았지만, 대본을 고치는 강찬의 실력을 보고선 어느 순간부터 강찬에게 의견을 구하고 있었다.

물론 자존심이 있기에 대놓고 묻는 것은 아니었고 '나는 이런 장면을 생각하고 있다'라는 식으로 화제를 꺼내 강찬의 이야기를 듣는 식이었다.

그렇게 일주일이 지나 만 원의 행복 촬영이 끝났으며, 강찬은 승리했다.

너무 바쁜 스케줄 덕에 밥을 먹을 시간이 없었고 결국 밖에서 사 먹는 장면이 아예 없는 수준에 이르렀다.

결국, 김호철 PD가 '뭣 좀 먹는 장면 좀 쓰자'는 제안을 한 뒤에야 컵라면이라도 사 먹기 시작했다.

그렇게 아끼다 보니 일주일간 지출이 4,000원. 그것도 오로지 컵라면에 대한 지출이었다.

하지만 촬영분은 꽤 괜찮게 나왔다.

일주일 내내 촬영장에 살다 보니 자연스럽게 드라마 홍보가 될 수밖에 없었다. 거기에 김호철의 악의인지 호의인지 모를 재미있는 미션들이 더해지자 보는 재미가 더해진 것이다.

그리고 시간이 흘러 12월 13일, 수요일. 오후 8시. 강찬이 출연한 첫 드라마, 달이 내린 하늘의 방송이 시작되었다.

첫 편은 무난했다.

사극치고는 가벼운 분위기의 위트가 주를 이루었고 캐릭터에 대한 설명과 세계관을 녹여내는, 일종의 프롤로그와 같은 편이 쭉 펼쳐졌다.

그러다 40분쯤 지났을 때, 드디어 첫 사건이 시작되었다.

이한과 강하니가 괴한들에게 쫓기고 있을 때, 그들의 사이를 지나던 강찬이 연기하는 캐릭터 '이남덕'이 괴한들에게 치여 넘어지게 된다.

태어날 때부터 한량이자 싸움꾼이었던 그는 분노를 참지 못하고 괴한들을 때려눕히게 되는데.

열댓 명의 괴한을 쓰러뜨린 강찬은 괴한들의 주머니를 뒤지며 돈이 나갈 법한 물건을 챙기기 시작한다. 그리고 그 모습을 보고 있던 이한과 강찬이 눈을 마주친 순간. OST가 흘러나옴과 동시에 1화가 끝난다.

"좋네."

다음 화에 대한 궁금증도 충분하고 캐릭터들의 개성 또한 좋다. 게다가 마지막에 더해진 액션 신 덕에 강찬의 캐릭터가 확 살았다.

만족스러운 미소를 지은 강찬이 의자에 기대어 노트북을
폈다.

실시간 검색어 1위는 '달이 내린 하늘'. 아직 배우들의 이름
은 올라오지 않고 있었다. 강찬이 괜히 자신의 이름을 검색해
가며 네티즌들의 반응을 살피고 있을 때 안민영에게서 전화가
왔다.

"예. 방송 보셨어요?"

-그게 중요한 게 아니야.

지금 방송된 드라마보다 중요한 게 뭐가 있단 말인가.

-내가 한 통의 메일을 받았거든.

"예."

-근데 이게 발신지가 미국이란 말이야.

"……설마."

미국이라는 말을 듣는 순간, 강찬의 머릿속에 번개가 친 듯
새하얘졌다.

-설마가 사람을 그렇게 잘 잡는다지.

"뭐래요?"

드라마보다 중요한 게 있었다. 메일의 발신지가 미국이라는
것은 선댄스 영화제에서 답신이 왔다는 것. 강찬이 초조한 목
소리로 묻자 안민영이 대답했다.

-됐대.

"뭐가 돼요? 우리 오래요?"

-응. 우리 미국으로 오래.

"으아아아아!"

실시간 검색어 1위가 문제가 아니다. 강찬은 벌떡 일어서서 소리를 질렀고 수화기를 귀에 대고 있던 안민영이 '깜짝이야' 하는 소리가 들렸다.

To Be Continued

# 네 멋대로 던져라

**세상S 현대 판타지 장편소설**
WISHBOOKS MODERN FANTASY STORY

한때 최고의 신인으로 주목받던 구현진
구단의 강요로 망가진 몸을 이끌고 무리한 끝에
불명예스럽게 은퇴하고 만다.

## 그런 그에게 다시 주어진 기회!

"저 그냥 수술할게요. 아니, 수술받고 싶어요."

잘못된 과거를 고치고 메이저리그로 향하라!

## 〈네 멋대로 던져라〉

이제, 그를 막을 것은 없다.

# 힐통령
## 태양의 사제

제리엠 게임판타지 장편소설

WISHBOOKS GAME FANTASY STORY

"착하긴 뭐가 착해? 저런 퀘스트를 하는 건 착해서가 아니고
그냥 호구인 거야. 호구."

등 뒤에서 멀어지는 소리에
카이가 슬쩍 그들을 돌아봤다.

'내가 호구라고? 설마.'

[곤경에 처해 있는 NPC에게 선행을 베풀었습니다.]
[선행 스탯이 1 상승합니다.]

착한 일을 하면 보상이 따라온다?!

계산적이지만 그래서 더 선행을 할 수밖에 없는
힐이면 힐, 딜이면 딜.

**힐통령 카이의 미드 온라인 정복기!**